페이크

fake

페이크

알앤써니 지음

읽고 싶은 책

fake

프롤로그

나는 간호사이다. 사람들은 간호사를 '백의의 천사'라고 부른다. 지인 중에 간호사가 있는가? 병원에 가서 간호사들이 일하는 모습을 본 적이 있는가? 만약 둘 중 하나에 "그렇다."라고 답을 했다면, 간호사가 '백의의 천사'가 아니라는 것을 알 것이다.

그렇다. 우리는 '백의의 전사들'이다.

대학 졸업 당시에는 나도 '백의의 천사'를 꿈꾸며 일을 시작했다. 대학 병원에서의 나의 현실은 어떠했을까?

'과학적인 근거에 따라 간호하기', '모든 사람을 인종, 성별, 나이, 국적, 피부색과 상관없이 대하기', '다른 의료진들과 동등한 위치에서 의사소통하기', '환자들에게 최상의 서비스를 제공하기' 등 학교에서 배웠던 의료 선진국의 간호 기술과 마인드는 현장에서 제대로 활용되지 않았다.

환자들에게 기본적인 간호 제공을 하기에도 빠듯했다. 하루 업무를 다 하고 남아서 병동 청소를 했다. 환자를 이송차에 싣고 달리는 이송요원이 되기도 했다. 밤번 근무를 마치고 눈도 못 뜨는 상태에서 병원 행사에 동원되었다. 대소변과 토물을 받아내야 했다. 격앙된 감정 속에 불만을 토로하는 환자와 보호자들의 욕받이가 되었다. 의사의 지시가 없으면 뭐든 해서는 안 되는 '무뇌아' 취급을 당했다.

참다못한 나는 어느 날, 사표를 냈다. "너는 피를 봐야 하는 팔자다."라는 어머니의 말씀을 뒤로 한 채. 전부터 관심이 있었던 영어학을 전공하고, 교육 프로그램 개발자로서의 15년 경력을 쌓아갔다. 개발자로서의 삶은 만족스러웠다. 험한 일을 안 하고 험한 말을 안 들었다. 매일 아픈 사람들을 보지 않아도 되었다. 지시와 명령만이 있는 일방통행 의사소통이 아니라 협의를 통한 방법을 찾아낼 수 있었다.

하지만 15년의 시간이 흐른 2013년, 그렇게도 혐오했던 간호사를 다시 시작했다. 집안 사정 때문이었다. 다시 돌아간 간호 현장은 여전했다. 기술들과 기기들은 더 발전했을지 몰라도 간호사에 대한 인식, 간호사가 해야 하는 일은 변함이 없었다. 게다가 나이까지 많아진 나는, 어린 사람들 틈에서 일하는 것이 버거웠다. 적응하기도, 성질을 죽이기도 힘들었고, 자존심이 상했다. 하지만 생계를 위해 모든 것을 참아내야 했다.

대학병원 3년간의 경험과 15년의 경력 단절을 딛고 다시 간호사가 되어 웃고 울었던 나의 경험이 이 책을 쓰게 된 동기가 되었다. 나의 이야기뿐 아니라 병원 곳곳에서 열과 성의를 다해 환자와 보호자들을 위해 일하고 있는 동료 간호사에 대한 이야기도 덧붙였다. 부록에서는 환자와 보호자들이 궁금해할 만한 병원에 대한 이야기를 담아 보았다.

나의 글을 읽고 간호사를 꿈꾸는 사람들은 '아, 간호 현장에는 이런 면이 있구나.' 하는 간접 경험을 해 볼 수 있었으면 한다. 간호사 선후배 그리고 동료들은 '내가 겪는 이 일이 나만의 일이 아니었네.' 하는 위안을 받을 수 있었으면 한다. 또 '중간에 간호사 일을 쉬었지만 다시 해볼 만하겠어.' 등의 동기 부여가 될 수 있었으면 좋겠다. 간호사가 아닌 사람들은 왜 우리가 끊임없이 처우 개선을 외치고 더 많은 권리를 찾고자 애쓰고 있는지를 이해할 수 있는 계기가 되었으면 한다.

자! 이제 멋모르던 대학병원에서의 신규 시절, 그리고 15년이 흐른 후 다시 돌아간 병원에서의 이야기들을 펼쳐 보이도록 하겠다.

부족한 글이지만 따뜻한 응원과 격려를 바라며.

차 례

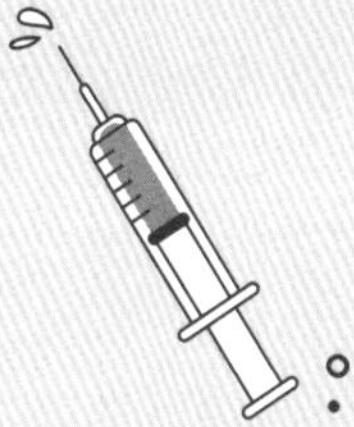

부록 당신의 궁금증을 풀어 드립니다

fake

페이크

간호천사 아닌 간호천사 이야기

3교대의 마라탕 맛

요즘은 간호사들의 진출 분야가 다양하다. 병원이 아니더라도 여러 분야를 고려해 볼 수 있다. 국내외 제약회사, 보험회사, 법률 사무소, 보건소, 보건교사, 연구소 등 선택지가 많다. 하지만 예전에는 선택지가 그리 많지 않았다. 병원, 보건소, 학교 정도였다. 내가 다닌 대학교 재단은 부속 병원들이 많았다. 한 해에 겨우 60명이 배출되는 본원 간호사로는 병원들의 인력 수요를 맞출 수 없었다. 따라서 졸업하면 대부분 본원 병원 입사를 했다.

병원에서 외래, 상담실, 수술실, 중앙공급실, 진료협력실, 검사실 등에 배치되면 9 to 6의 상근직을 할 수 있다. 하지만 신규 간호사의 대부분은 3교대 근무를 하는 병동에 배치된다. 3교대는 이렇다. day 듀티(낮번), evening 듀티(저녁번), night 듀티(밤번)를 돌아가면서 한다. 앞뒤로 인계 시간이 있기에 30분 정도씩 더 근무한다.

Day 듀티 (오전 7시 30분부터 오후 3시 30분까지)

검사, 수술, 입원과 퇴원 등과 관련된 가장 많은 일을 한다. 근무 시간이 세 가지 듀티 중 일반 직장인들과 가장 비슷하다. 유치원이나 초등학교 자녀가 있는 경우에는 오후 시간을 아이와 함께 할 수 있다. 워킹맘들이 선호하는 듀티다.

Evening 듀티 (오후 3시 30분부터 10시 30분까지)

day 듀티와 하는 일은 비슷하다. 입원과 퇴원 환자나 수술 환자가 많지 않은 경우에는 day 듀티에 비해서 바쁘지 않을 수 있다. 물론 병원마다 병동마다 천차만별이다. evening 듀티 수당을 별도로 주는 병원이 있기도 하다.

Night 듀티 (오후 10시 30분부터 다음 날 오전 7시 30분까지)

수당이 있고 한 달에 1일에서 9일 정도로 짧게 근무를 한다. night 듀티 고정이면 한 달에 15일 정도 일한다. 다른 근무에 비해 사람들과 부딪히는 경우가 적다. 다만 체력적 소모가 많고 일반인들과 라이프 사이클이 다르다. 대부분의 병원에서는 night 듀티에 무리가 없는지 건강 검진을 한 후 배치한다. 그만큼 체력에 무리가 온다는 거다.

이렇게 3교대를 하게 되면 내 생활에는 어떤 변화가 생길까?

1. 시간이 흐를수록 인간관계와 세상 보는 시야가 좁아진다.

일반인과 사이클이 달라 약속 시간과 날짜를 잡기가 쉽지 않다. 그러다 보니 나중에 남는 친구들은 간호사들이 대부분이다. 병원 생활의 희노애락을 함께 하는 전사 동지들은 많아진다. 반면 일반인 친구들이 적어지니 세상 돌아가는 것에 점점 둔해진다.

2. 오프라인에서 뭔가 꾸준히 배우는 것이 어려워진다.

24시간 하는 헬스장과 같은 곳은 상관없다. 하지만 정해진 시간에 가서 교습을 받는 것은 어려워진다. 전에 밸리댄스를 배우러 다닌 적이 있다. 강습 시작 전에 "제가 3교대하는 간호사라, 듀티 때문에 빠지는 날이 많을 수 있어요."라고 강사에게 양해를 미리 구했다. 강사가 이해를 해주어서 교습을 시작했지만 얼마 안 가 중간에 포기해 버렸다. "출석률이 안 좋아 다른 사람들에게도 좋지 않은 영향을 주는 것 같다."라는 강사의 말 때문이었다. 이처럼 오프라인 프로그램에 등록하는 일이 점점 줄어든다.

3. 남들 쉬는 빨간 날에 쉴 수가 없다.

테트리스 블록 맞추듯 근무가 돌아간다. 빨간색으로 표시되어 있는 공휴일에 쉬고 싶어도 쉴 수가 없다. 특히 입사 연차가 낮을수록, 듀티표를 짜는 수간호사에게 미움을 받을수록 일반인들 쉴 때 같이 쉰다는 것은 꿈도 꿀 수 없다.

4. 타의로 돈을 안 쓰게 된다.

토요일, 일요일 혹은 공휴일에는 열심히 근무하다가 평일에 쉬니 주말 요금이나 성수기 요금을 낼 일이 거의 없다. 몸과 마음이 너무 피곤해서 쇼핑 다니는 것도 귀찮다. 친구들, 지인들을 못 만나니 지갑에서 돈 나갈 일이 줄어든다. 본인이 의도하지 않았는데 돈이 모이게 된다.

5. 안 먹던 수면제를 먹게 된다.

원래 야행성인 사람은 night 듀티를 하기 위해 밤을 새우는 것은 잘 할 거다. 하지만 그들도 day, evening, night 듀티가 마구 섞이게 되면 균형 잡힌 바이오리듬을 유지하기 어려워진다. 야행성이 아닌 사람에게 night 듀티는 더 고역이다. 밤새 일하고 와서 낮에 잠을 자기 위해 노력을 하지만 잘 되지 않는다. 집에 가족들이 있거나, 누가 방문을 하거나, "안 쓰는 컴퓨터나 가전제품 파세요~~."하는 스피커 소리가 지나가면 도대체 잠을 잘 수가 없다. 암막 커튼, 귀마개, 안대 다 동원해도 안 될 때 안 먹던 수면제를 자신의 입에 털어 넣게 된다.

이처럼 3교대의 맛은 마라탕의 매운맛이다. "3교대가 너무 좋아요." 하는 간호사는 거의 없다. 간혹 충분히 시달려보지(?) 않은 신규 간호사들이 자신을 갈아 넣어 받는 수당 때문에 3교대가 좋다고 할 수는 있겠다.

3교대 근무는 간호사라면 피할 수 없는 업무 형태이다. 그러니 3교대를 하면서 매일매일 최상의 컨디션을 유지하고 삶과 일의 균형을 잡는 노력을 계속 해야 할 듯하다.

편하게 먹게 해 주소서

송희구 작가가 쓴 〈서울 자가에 대기업 다니는 김 부장 이야기〉에 이런 부분이 나온다.

"공장의 점심시간 벨이 울리면 갑자기 천지가 흔들린다. 직원들은 마치 단체로 달리기 시합이라도 하듯 식당을 향해 뛰어간다. 더 적절히 비유하자면 말벌 떼가 무서운 소리를 내며 벌통을 향해 날아가는 듯하다. 김 부장은 '나잇살 먹어서 저게 무슨 짓이야. 배고픈 거지도 아니고 뭐 하러 뛰어.'라고 생각한다. 하지만 1주일이 지나자 김 부장도 조깅하듯 뛴다."

한꺼번에 많은 사람들이 동시에 식사를 하려고 해서 생기는 모습이다. 점심시간에도 쫓기는 삶을 살고 있는 것이다. 공장 사람들만 그런 것이 아니다. 밥 먹는 시간이 요란해지는 것은 간호사도 마찬가지다. 대부분의 간호사들의 식사 시간은 10분 컷이다. 5분 안에 식당을 오고 가고, 5분 안에 밥을 먹는다. 간호사들은 밥을 먹는다고 하지 않는다. "밥을 마신다."가 더 적절하다. 게다가 밥을 못 먹고 일하기도 한다.

간호사들이 식사 시간을 여유롭게 가지지 못하는 이유는 심적 압박 때문이다. 자신의 듀티 때 있었던 일은 최대한 깔끔하고 완벽하게 해야 한다. 그렇지 못하면 자신의 일을 인계받은 간호사가 힘들다.

일반적인 루틴만 수행할 때도 여러 가지 사건 사고가 많다. 하지만 더 심한 것은 응급 상황이 생겼을 때다. 응급 상황이 내 식사 시간을 피해서 터져주는 것도 아니다. 밥을 못 먹고 일을 하다가 배고픔이 최고에 달하면 어떻게 될까? 저혈당 환자들을 위해 준비해 놓은 초콜릿과 오렌지 주스를 자신도 모르게 입에 넣게 된다. 양치질을 못 하고 근무를 다시 시작하기도 한다. 양치질할 3분여의 시간조차 없을 때가 있다.

night 듀티 때는 병동으로 식사가 미리 배달된다. 식당 인력들이 퇴근하기 때문이다. 병동에서 식사를 할 때는 안테나를 계속 곤두세우고 있어야 한다. 전화가 오지는 않는지, 환자 콜이 울리지는 않는지, 누가 와서 찾지는 않는지, 어디서 알람이 울리지는 않는지…… 귀는 항상 열어 두고 입으로는 밥을 먹으면서 한쪽 눈은 바깥을 주시한다. 몸은 언제든 달려 나갈 수 있도록 사선으로 돌려져 있고 뇌의 CPU는 계속 돌아간다. 연차가 낮을수록 입구 가까운데 앉아서 먹는 것은 불문율이다. 밥이 들어가서 소화되고 있다는 게 신기할 정도다.

커피 마시는 것과 관련한 이야기가 있다. 신규 때, 일이 조금 한가해진 것 같아 처음으로 커피를 한 잔을 타서 자리에 앉았다. 그러자 선배 간호사의 날카로운 목소리가 바로 귀에 꽂혔다. "너는 커피 마실 시간이 있다고 생각하나 봐?" 입도 대보지 못한 커피는 싱크대에 버려졌다.

연차가 올라간 지금은 커피를 편하게 마실 수 있을까? 답은 "아니다."이다. 스테이션에서 뭔가를 먹으면 환자나 보호자들의 불평이 접수된다. "비위생적이다. 병원이지 카페가 아니다."라는 이유가 붙는다. 이런저런 불평을 무시하고 커피를 마실 수 있는 강심장을 별로 보지는 못했다.

다음으로 물 마시는 것과 관련된 이야기도 있다. 간호사는 환자들에게는 건강을 위해 하루 1.5~2리터의 물을 마시라고 교육한다. 그러나 정작 본인들은 물 몇 모금 마실 짬도 내기 힘들다. 헐레벌떡 일하다가 몇 모금 마시는 차가운 물은 정말 생명수다. 그래도 정신 차리고 하루에 물 1.5~2리터를 챙겨 마신다면? 화장실 들락날락하느라 업무를 빨리 정확하게 못 하게 된다. 환자, 보호자, 동료들에게 욕먹다가 건강이 더 나빠질 수 있다.

화장실 갈 시간을 못 내는 경우도 많다. 간호사로서의 일이 "여기서부터 저기까지만 하면 끝!"이라고 매듭을 지을 수 있는 게 아니기 때문이다. '이것만 하고 화장실 다녀와야지.'라고 하면 다른 일이 생긴다. '정말 이것만 하고 화장실 다녀와야지.'라고 하면 또 다른 일이 생긴다. 꼬리에 꼬리를 물다 보면 정말 소변이 마려워서 얼굴이 빨개지고 식은땀이 나고 맥박이 치솟을 정도가 된다. 그때, 화장실로 달려간다. 보통 성인의 소변 주머니 용량은 300~500cc 정도이다. 하지만 간호사의 소변 주머니는 1,000cc까지는 거뜬하게 담지 않을까 싶다.

"켁켁켁!" 오전 내내 병동을 뛰어다니다 못해 날아다니던 선배 간호사. 그녀는 너무 더워서 얼음 한 조각을 입에 물었다가 사레들렸다. 한동안 기침을 한 선배 간호사는 입가로 흘러나온 침을 쓰윽 닦았다. 민망한 미소를 지으며 "깨물어 먹을 걸 그랬네."라고 했다.

'품위 없게 왜 저러냐? 천천히 먹을 것이지.' 덜 시달려봤던 내가 속으로 했던 생각이다. 그때는 내가 점점 그 선배처럼 변해가리라는 것을 알지 못했다.

간호사는 밥도 편히 먹을 수 없다. 커피도 편히 마실 수 없다.

물도 편히 마실 수 없다. 얼음도 편히 먹을 수 없다. 제발 뭐든 편하게 먹을 수 있게 근무 강도나 환경이 개선되기를 희망해 본다.

넘을 수 없는, 넘지 않으려는 강

라포(rapport).

상담이나 치료, 교육을 위해 필요한 라포. 타인의 감정과 상황을 이해하고 공감대를 형성하는 것을 말한다. 특히 신체적, 정신적, 사회적 건강의 문제를 가지고 있는 환자와 그 환자를 치료하고 돌봐야 하는 의료진은 라포가 잘 형성되어 있어야 한다. 간단히 말해, 환자(보호자 포함)와 의료진은 마음이 잘 통해서 건강회복을 도울 수 있도록 좋은 관계가 형성되어 있어야 한다.

라포 형성이 잘 되어 있으면 환자와 보호자는 자신들이 겪고 있는 진짜 문제들을 의료진에게 드러내게 된다. 그러면 의료진은 보다 정확한 해결책을 적용할 수 있게 된다. 하지만 좋게 형성된 라포가 점점 깊어져서 개인적인 감정의 영역까지 넘어가게 되면 곤란해진다. 객관적인, 과학적인, 이성적인 시각을 잃을 수 있기 때문이다.

학생 때 정신과 실습에서 조현병 환자 A를 알게 되었다. '스키조프레니아(schizophrenia)', 임상에서는 '스키조'라 부르는 병의 환자였다. 내 나이 또래였기에 이야기를 자주 나누었고, 라포 형성이 잘 되었다. 하지만 시간이 흐를수록 감정이입이 심하게 되었다. 그는 아버지에 대한 이야기를 자주 했다. 내성적인 자신을 강하게 키워보겠다고 무섭게 내몰았다고. 방에 가두어놓고 폭력을 행사했다고. A의 이야기를 들으면서 나도 그의 아버지를 원망했다. 내 심리 상태도 점점 불안정해져 갔다. 그때의 경험 때문에 나는 정신과 간호사가 되는 것을 일찌감치 포기했다. 환자들에게 곁을 너무 많이 내주지 않겠다는 결심도 했다.

나보다 어렸던 대학생 B는 자가면역질환 환자였다. 그의 아버지는 전두환 대통령 시절에 있었던 아웅산 테러 사태의 희생자였다. 그에게는 나이 차이가 많이 나는 어린 여동생과 졸지에 혼자 남겨진 단아한 미인의 어머니가 있었다. 그의 가족들은 자주 오지 못했다. 쓸쓸해하는 그를 좀 더 자주 신경을 썼기에 우리들의 라포는 빨리 잘 형성되었다. 몇 달 뒤 퇴원한 후에도 그는 내게 병원으로 편지를 보냈다. 영화를 보자고 해서 영화도 보았다. 제목은 기억나지 않지만 간호사와 환자가 사랑을 하게 되는 내용이었다. 나는 그의 정신적, 정서적 건강을 위해 배려를 한 것인데 그는 아니었나 보다. A 이후로 환자들을 환자로만 여기기로 마음 먹었기에 B와 더 이상의 발전은 없었다. 그리고 오랜 시간이 흘렀다. 십여 년이 지난 어느 날 이사를 하기 위해 물건을 정리하다가 그가 보냈던 편지를 보게 되었다. 다시 읽어보니 그는 꽤 진지한 마음이었음을 알 수 있었다. 의료진과 환자는 라포 형성도 좋지만 일정 정도의 거리가 필요함을 다시 한번 깨달았다.

산에 혼자 갔다가 다리에 골절을 입은 C는 몇 년 후에 은퇴를 해야 하는 젠틀맨이었다. 처치를 하기 위해 들어가서 잠시 대화를 해 보면 꼰대 스타일도 아니었다. 경제, 정치, 사회에 대해 해박했고 대화도 잘 통했다. 그는 나와 좋은 라포를 유지하다가 한 달 정도의 입원 후 꽃비가 날리는 봄날, 퇴원을 했다. 몇 달이 지나 무더위가 기승을 부리던 여름 오후였다. 병실에서 환자들이 그날 먹은 것과 배설한 것의 양을 확인하고 있었다. 갑자기 C가 문을 열고 들어왔다.

"어? 반갑네요. 아는 분이 입원을 하셨나 봐요?"

이렇게 묻는 나에게 그는 갑자기 "전화번호 좀 알려 주세요."라고 했다. 환자와 보호자들이 쳐다보는 것이 느껴졌다. 나는 거절을 하면 C가 많은 사람들 앞에서 무안할까 봐 "아…… 예……." 하고는 번호를 불러주고 말았다. 끝자리 하나라도 다르게 부를 걸. 그때는 그런 꾀도 나지 않았다. 그 이후 C는 가끔 안부의 문자를 보내고 좋은 글귀나 재미있는 영상도 보내준다. 나도 답을 보내지만 대부분 "건강하세요."이다. 그는 가끔 잊을만하면 "커피나 한잔 마실까요?"라고 제안을 한다. 어느 정도 세월을 살고 보니 C가 왜 그러는지 짐작이 안 되는 것은 아니다. 은퇴를 앞둔 중년의 남자가 말벗이라도 하고 싶어서 그러겠지. 그렇다면 나와 그가 커피 한 잔 마셔도 되는 것일까? 아니다. 병원에서 만들어진 라포는 환자가 병원문을 나서는 순간 끝나야 한다.

50대 중년 여성 D는 안면 윤곽 교정술을 하러 입원을 했다. 사각턱 돌려 깎기를 하러 온 거다. 50대에 수술을 결심한 이유가 처절했다. 그녀의 남편은 신혼 때부터 계속 바람을 피우고 가정을 안 돌봤단다. 게다가 남편이 생활비를 안 주어서 D는 식당 아줌마, 파출부를 전전하다 치킨집을 하며 생계를 이어가고 있었다. 남편은 폭력까지 행사를 하는 사람이었단다. 남편 하나만으로도 힘든데 시어머니가 D의 가슴을 후벼 파는 말을 했단다.

"내 아들이 바람을 피우는 것은 네 사각턱 때문이야."

사각턱이 있어 팔자가 드세서 남자가 밖으로 도는 거라는 시어머니의 말에 D는 수술을 결심했단다. 그녀의 가슴 아픈 이야기를 한 번에 오래 들어줄 수는 없었다. 하지만 오며 가며 말을 더 걸기도 하고 위로도 많이 했다. 같은 여자로서 안타까움이 컸기 때문이었다. 우리 사이에는 라포 형성이 잘 되었고 그녀는 점점 더 자세히 자신의 이야기를 들려주었다. 때로는 분노했고 때로는 절망했다. 난 늘 그녀의 편이 되어 주었다. D는 눈물을 흘리며 수술대에 올랐다. 수술 후 회복 중에도 그녀는 마음의 응어리를 풀어버리고 말겠다는 듯 자신의 한 맺힌 인생에 대한 이야기를 했다.

하지만 어느 순간부터 내 마음도 힘들어져 갔다. '내 담당 환자가 D만 있는 것이 아닌데……. 여기서 얼른 일하고 다른 일 해야 하는데……. 하소연도 한두 번이지 너무 하시네.'라는 생각이 들기 시작했다. 차츰차츰 그녀에게 거리를 두었다. 처음에는 눈치를 못 채던 D도 퇴원 무렵에는 나를 데면데면하게 대했다. 그녀는 퇴원하면서, "선생님, 그동안 내가 너무 괴롭혔나 봐. 미안해요."라고 했다. 섭섭한 표정이 역력했다. 그녀도 알고 있었던 것이다. 내가 점점 피하고 있었던 것을. 그때 깨달았다. 처음부터 깊게 라포를 형성하면 안 된다. 나중까지 같은 강도로 그 라포를 유지할 자신이 없다면 더욱더 그렇다. "언제 한번 우리 가게에 놀러 와요. 맛있는 치킨 해 줄게." D의 마지막 말이었다.

환자와의 좋은 라포는 반드시 필요하지만 간호사의 중심이 흔들릴 정도가 되면 안 된다. 보다 많은 환자와 보호자들을 따뜻하게 제대로 돌보기 위해 자신의 마음 깊숙한 곳은 오히려 차갑고 단단하게 유지해야 한다. 아이러니다. 환자 혹은 보호자와 자신의 사이에는 넘을 수 없는, 아니 넘지 않으려는 강이 흐르고 있음을 늘 기억해야 한다.

노화, 그 쓸쓸함에 대하여

"자네, 나이 들수록 깨끗이 하고 살아야 혀." 치료 순서를 기다리는 할머니에게 할아버지가 충고를 한다. 지난번에도 두 분이 같이 오셨다. 대화의 내용으로 짐작하건대 부부는 아닌 듯했다. 할아버지의 말은 계속 이어졌다.

"휴지 아깝다 생각 말고 반찬 통 안에 묻은 양념 잘 닦아 놓아야 혀. 휴지가 반찬에 닿지 않게 조심허구. 행주 안에 밥풀 묻었나 잘 보구. 밥풀 붙은 걸로 여기저기 닦으면 안 되니께. 국자도 쓰기 전에 뭐 안 묻었나 잘 봐야 혀. 국에 다른 게 들어가면 기분이 나쁘자녀. 자슥들이 왔을 적에 엄마가 평상시에도 깨끗혀게 사는구나 하는 생각이 들게 해야 허는 거여."

보통 이런 잔소리는 여자가 남자에게 하지 않나? 그런데 이 두 분은 바뀐 거 같았다. 할머니 이야기에 따르면 어제 아들 며느리가 저녁을 먹으러 왔단다. 바닥에 음식물이 떨어져 있는 것을 행주로 닦는 할머니의 모습을 본 아들 며느리가 더럽다며 그냥 갔다는 것이다. 속상해하는 할머니에게 할아버지는 깨끗하게 하고 살라고 조언을 하고 있었다.

할머니와 할아버지의 모습을 보면서 예전에 간호 실습으로 노인 생애 체험관에 간 기억이 났다. 노화된 신체를 경험하기 위해 특수 안경을 끼고 특수복을 입고 움직여야 했다. 시야는 흐리고 좁아졌으며 팔다리의 움직임은 느려지고 무거웠다. 특수복에는 관절 움직임을 억제하는 모래주머니와 밴드가 달려 있었다. 근력 저하를 느껴보게 하기 위해 무게가 많이 나가게 만든 특수복이라 몸이 천근만근이 되었다. 실습이 다 끝나고 나니 나이 듦에 대해서 서럽고 슬픈 생각이 들었다.

노화는 질병은 아니지만 우리 몸에 여러 변화를 가져온다. 피부는 변색되고 주름은 많아져 반짝반짝하던 외모를 누추하게 만든다. 시력과 청력이 떨어지면서 반응이 느려져 위험에 노출될 확률도 높아진다. 이러니 사람이 영민하다는 느낌을 주기가 힘들어진다. 근육은 줄어들고 관절은 굳어져서 체력이 떨어진다. 외부 활동에도 적극적으로 참여를 못 하게 된다. 신진대사 기능이 떨어져 땀과 노폐물 배출이 잘 이루어지지 않는다. 이렇다 보니 좋지 않은 냄새가 난다. 이렇듯 노화로 인해 다른 사람들에게 불쾌감을 줄 수 있는 상황이 의도치 않게 발생할 수 있다. 그래서 할아버지가 나이 들수록 몸가짐을 잘 하고 주변을 깨끗이 하라는 것이었다.

"남편과 사별한 후 시어머니가 살던 집을 처분하고 새집으로 가시더라고요. 인테리어랑 가전제품이랑 싹 다 바꾸셨어요."

친한 후배는 볼멘소리를 했다. 살날도 얼마 안 남았는데 돈 낭비가 아니냐고 내게 물었다. 내 생각은 달랐다. 부모가 사는 집이 깨끗하고 환하면 찾아오는 자식들도 기분이 좋고 마음이 가벼울 것이다. 그러면 한 번 찾아올 거 두세 번 찾아오게 될 것이다. 반면 누수 있고 벽지 누렇고 위생이 안 좋은 집에는 자식들의 발걸음이 점점 뜸해질 것이다. 가끔 어르신들 중에 모아 놓은 돈이 충분함에도 본인을 위해 쓰지 못하는 분들이 있다. 어차피 죽으면 싸 들고 가지도 못 할 돈, 당신들 몸과 마음을 정결하게 하는 데 아낌없이 쓰셨으면 한다.

젊은이들은 노인들의 변화를 더 깊게 이해해 주면 좋겠다. 또한 노인들은 자신과 환경에 더 신경을 쓰면 좋겠다. 그러면 노화라는 서럽고 쓸쓸한 과정을 지나는 것이 조금은 따뜻해질 수 있지 않을까?

나는 프로침묵러다

“나, 오늘 수술 들어가느라 바빠.”

K는 의료기기 영업 사원이자 내 친구의 남자 친구였다. 전공은 수학과. 어쩌다 인공 관절 의료기기 영업을 하게 되었는지는 모르지만 나름 열심히 일을 했다. 그의 차에 한 번 탄 적이 있었는데, 뒷좌석 가득 의료기기들이 이리저리 굴러다니고 있었다.

“우리 회사 제품이어서 하는 말이 아니라 성능이 엄청 좋아. 수술 후 만족도도 높고. 내가 수술방 들어가서 해 보니까 잘 알지.” K는 종종 자신이 수술방에 들어간다고 으스댔다.

자신이 의사라고 착각을 하고 있는 듯했다. 의사, 한의사, 치과의사, 간호사, 조산사를 지칭하는 의료인도 아니고 물리치료사,

방사선사, 치위생사와 같은 보건인도 아닌 그가 도대체 수술하러 왜 들어갔던 것일까?

"너는 무슨 자격으로 수술방에 들어가는 거야? 넌 의료인도 아니잖아."

잘난 채 하는 것도 꼴 보기 싫지만, 머리 터지게 공부한 내 세월이 아까워서 퉁명스럽게 말이 나갔다.

"에이~. 원장은 환자가 마취제에 취해서 잠들면 나가. 그 뒤 일은 거기 과장이 주로 맡아서 하는데, 우리 회사 제품에 대해서는 내가 더 잘 아니까 내 도움이 많이 필요해. 너 내가 수처(suture)를 얼마나 깔끔하게 잘하는지 모르지?"

suture는 '봉합'이라는 말로 칼로 절개한 부위를 꿰매는 것을 말한다. K는 무자격 의료 행위를 한 것이다. 비의료인이 수술 등의 의료 행위를 해 온 것은 하루 이틀 된 일은 아니다. 뉴스에도 여러 번 나왔으니 더 이상 비밀도 아니고. '저걸 확! 신고해 버려?' 속이 뒤틀리지만, 친구의 남자 친구라 더 이상 어찌해 볼 생각이 안 들었다. 친구에게 미안한 일을 하고 싶지 않았기 때문이다. 나는 침묵했다.

내가 다녔던 병원의 원장이 점심시간에 지인과 점심 식사를 하면서 자랑스럽게 이야기를 했다.

"내가 수술 안 한 지 10년 넘었잖아. 이제 나는 포인트만 짚어주고 아래 의사가 다 알아서 해." 구내식당이지만 점심시간을 훌

쩍 넘긴 때라 나와 원장 그리고 원장의 지인만이 식사를 하고 있었다. “나 손 떨린 지 오래야. 더 이상 수술 못 해.” 원장은 나름이 업계에서는 유명한 사람이었다. 매달 수천만 원의 광고 홍보비를 써가며 자신이 개발한 특수 수술을 알려 왔다. 환자들과 보호자들은 외래 진료실에서 원장의 진료를 받으니 당연히 수술도 원장이 직접 하는 줄 알았을 것이다.

‘아휴~ 환자들이 불쌍하네. 하긴 나도 지난번에 수술받을 때 진료는 교수가 하고 수술실에 들어온 사람은 처음 본 의사였지. 수술실에서는 교수 얼굴도 못 봤네.’

진료와 상담한 사람 따로, 실제 수술(시술)하는 사람 따로인 것이 정상인 건가? 나도 헷갈린다. 다시 나는 침묵했다.

처음으로 진료를 받은 환자가 불만을 이야기했다. “방금 전의 그분 의사 맞아요? 내가 아프다고 하는 부위를 만져보거나 들여다보지도 않고 진료를 하던데. 나 뉴질랜드에서 왔는데, 뉴질랜드에서는 의사가 저런 식으로 진료를 하면 고발당해요.” 환자의 말에 나는 변명을 하고 싶지 않아 또 침묵했다. 그 의사가 얼마 전에 동료 의사에게 “나는 상처나 아픈 부위를 보지 않아.”라고 당당하게 말하는 것을 들었기 때문이다. 진료의 기본에는 신체 사정(physical examination)과 문진이 있다. 신체 사정은 눈으로 보는 시진, 손으로 만져 보는 촉진, 청진기로 들어 보는 청진, 손으로 쳐보는 타진으로 이루어진다. 문진은 환자나 보호자가 하는 말을 들어보는 과정이다. 그런데 그 과정을 엉성하게 하고 지나가는 것이었다.

의사들은 고액연봉자들이다. 월급을 많이 받는 만큼 의사들도 원래 자신들이 해야 할 일은 해야 하지 않을까 싶다. 환자들이 제대로 진료를 받았다고 느낄 수 있게 말이다.

의대 6년, 인턴 1년, 레지던트 4년, 전문의, 펠로우 그리고 교수까지 되려면 또 몇 년. 제대로 된 의사가 되기 위해 오랜 시간 동안 많은 노력과 시간을 들인다는 것은 인정한다. 그렇다고 그것이 이후 수십 년 동안의 아니, 거의 죽을 때까지의 엄청난 수익과 이권을 보장해 줄 정도인지는 다시 생각해 보아야 할 듯하다. 그리고 황금 아니 다이아몬드 자격증을 가지고 일반인들의 몇 배에 달하는 수입을 거두고 있다면, 법에 규정된 대로, 배운 대로 해야 할 일은 해야 하지 않을까 싶다.

"엄마. 내 친구 소민이, 지방 의대 갈 수도 있었는데, 그냥 인서울 간호학과 갔어."

"걔 나중에 후회하겠네. 왜 그랬대?"

병원의 필수 인력이면서 의사 연봉의 반의반도 못 받는 간호사를 하겠다니……. 또 한 명의 순진한 간호사 후배가 안타까울 따름이다. 지금이라도 늦지 않았으니 다시 생각해 보라고 말해 주고 싶지만 침묵했다.

나는 프로침묵러다. 주변에서 나와 같은 침묵러들을 종종 발견한다. 하지만 나를 포함한 많은 사람들이 지금과는 다른 모습이었으면 한다. 의료계에 팽배해 있는 각종 부조리에 대해 알리고 개선을 요구했으면 하는 마음이다.

내 부모가 아플 때

“아버지, 여기서 치료받는 비용이 얼마나 많이 드는지 아세요? 제가 한 달 버는 거 다 들어가요. 아버지가 저한테 해 준 것이 뭐가 있다고 여기 계속 누워계시는 거예요?”

아들의 화가 난 목소리가 병실 문밖까지 새어 나왔다. 간경화로 진단받아 이미 간성 혼수상태까지 겪고 있는 A 환자의 아들이다. A는 며칠 전 복수를 2L 이상 뺐으나 다시 배가 불러와서 복수 천자 관을 연결해 놓고 있는 중이었다. 게다가 혈중 암모니아 수치가 높아져서 발생하는 간성 혼수로 인해 A의 정신 상태는 오락가락하고 있었다. 그런 아버지를 붙잡고 아들은 하소연을 하고 있었다. 아들은 아버지가 입원한 한 달 동안 한 번도 안 오다가 오늘 처음 병문안을 왔다. 옷차림새는 남루하고 얼굴에는 피곤한 기색이 가득했다.

복수 천자 관이 잘 유지되어 있는지, 얼마나 복수가 나왔는지 확인하러 병실에 들어가 A 환자 옆에 섰다. 아들을 살짝 쳐다봤다. 아들은 민망한지 나의 눈길을 피했다. 아들의 힘듦이 이해 안 가는 것은 아니었다. 하지만 오늘내일 하는 아버지에게 저런 모진 말을 하다니…….

돈이 웬수다.

B 환자는 며칠째 혈변(피가 섞인 변)을 보고 있었다. 변과 피가 섞여서 나오는 바람에 병동 전체에서 비릿하고 구린 냄새를 계속 맡게 되었다. B 환자는 의식도 잘 차리지 못하고 있었다. 삐쩍 마른 몸 어디서 저 많은 피와 변이 나오는지 의심스러울 정도였다. 도대체 어디가 출혈 포인트인지도 알아내지 못하고 있었다. 살아나지 못하실 것 같았다. 하지만 B 환자의 가족들은 포기하지 않았다. 식사를 못 하면서 계속 변과 피가 나오니까 수액을 드려야 했다. 보호자들은 비싼 영양제를 계속 공급해 주기를 원했다. 살가죽이 뼈에 달라붙은 B 환자의 혈관을 찾기 위해 3~4명의 간호사들이 동원되어야 했다.

'환자분이 괴로울 텐데. 가족들이 그만 포기하는 것이 낫지 않을까? 내 부모라면 난 편안히 가실 수 있도록 치료를 중단할 텐데……. 가족들이 의학적인 지식이 없으니 미련을 떠는구나.'

이런 생각을 하며 B 환자를 돌봤다. 가족들의 바람과는 달리 B환자의 상태는 나아지지 않았다. 결국 어느 날 중환자실로 전실이 되었다. '이제 중환자실에서 생을 마감하시겠구나.'라는 생각이 들었다.

그런데 며칠 뒤, B 환자가 다시 병동으로 돌아오셨다. 혈변도 멈추고 희미하던 의식도 차린 상태였다. 깜짝 놀랐다. 가족들의 지극정성이, 포기하지 않음이 B 환자를 살렸다. 생명을 포기하는 것이 현명하다고 혼자 판단을 한 나 자신이 부끄러웠다.

내 부모가 아프면 난 어떤 모습을 보이게 될까? A 환자의 아들처럼 "나도 힘드니 빨리 이 세상 정리하십쇼!" 하는 모습을 보이게 될까? 아님 B 환자의 가족들처럼 끝까지 희망을 잃지 않고 버텨내는 모습을 보이게 될까?

내가 겪은 리더들

영화 〈한산〉을 보았다. 2014년에 개봉했던 〈명량〉의 후속작이다. 사실 성웅 이순신 장군님은 너무 유명한 분이라 오히려 적극적으로 알아보지는 않았었다. 하지만 이번에 영화를 보고 나서 이순신 장군님의 리더십에 대한 관심이 많이 생겼다. 그래서 이 자료 저 자료를 보니 장군님에 대한 존경심이 더 커졌다.

장군님은 규율을 지키고 훈련을 하게 하는 데는 엄격했다. 하지만 노 젓는 병사나 승려 혹은 아낙네의 이름까지 기억하고 그들이 공을 일일이 보고하여 인정받게 할 정도였다. 매우 세심한 분이다. 조류와 지형을 이용할 줄 알고 병법에도 능했으며 거북선과 판옥선의 장단점을 활용하여 전술을 세우신 뛰어난 지략가였다. 또한 탁월한 동기부여가였다. 조직을 우격다짐으로 이끈 것이 아니라 부하들이 자발적으로 움직이도록 했으니까.

알아볼수록 감탄만 나오는 이순신 장군님의 리더십과 함께 다양한 리더십에 대해서도 다시 생각해 보게 되었다.

한 유형은 본인이 앞장서고 대부분을 결정한 후 “나를 따르라.” 아니면 “시키는 대로 해라.” 스타일이다. 잔 다르크나 나폴레옹 혹은 대부분의 전제 군주들이 이 유형이다.

동료들 혹은 아랫사람의 장단점을 파악한 후 잘 맞춰주면서 각자 능력의 최대치를 이끌어 내는 스타일도 있다. 히딩크 감독, 박항서 감독, 이순신 장군님 등이 이 유형이다. 펠로우 리더십(fellow leadership)이라 불리는 유형이다.

또 다른 유형은 자기 혼자서 일하는 스타일이다. 업무를 가르쳐주지도 않고, 분배도 하지 않는 이른바 ‘독고다이’이다. 기술이 뛰어난 장인들에게서 가끔 이런 모습이 보인다. 내게는 앞서 언급한 유형 이외에도 특이함으로 기억나는 리더가 몇 명 있다.

1. 계속 원대한 꿈만 꾸는 리더

의료 관광 사업이 한창일 때 잠시 일했던 회사의 사장이었다. 그는 매일 아침 새로운 사업 구상을 하고 수시로 회의를 열어 비전 발표를 했다. 그러면서 자신만 믿고 따라오라고 했다.

직원들은 장황한 사장의 구상을 듣느라 실무를 할 시간이 부족했다. 게다가 매번 방향이 흔들리고 사업의 범위가 달라지다 보니 어떤 액션을 취해야 할지 혼란스러워했다. 그야말로 "이 산이다!" 해서 따라 올라갔더니 "아니, 저 산이다! 빨리 와라!" 하는 스타일이었다.

의료관광은 고난도 서비스를 제공하는 영역이다. 매 단계를 치밀하게 차분하게 접근해야 한다. 그런데 사장은 두루뭉술한 장밋빛 설계만 매번 하고 있었다. 이러다 보니 직원들은 어느 순간부터 일을 안 했다. 지시대로 일을 해 놓으면 "그게 아니다. 나의 비전은……."라고 매번 뒤집었으니까.

2. '빅 브라더형' 리더

회사에서 이루어지는 일은 모두 알아야 하는 사장이었다. 교과서를 만드는 곳이라 회의를 통해 협의를 이끌어내야 하는 경우가 많았다. 사장은 권한 위임이라는 것을 전혀 실천하지 않았다. 저자 미팅, 관련 회사 미팅, 개발자 미팅 등 모든 회의에 다 참석하려고 했다. 본인이 참석하지 못한 미팅에 대해서는 의사 결정을 하지 않았다. 회의를 마쳐도 사장이 "오케이. 이렇게 해 보자."라고 할 때까지 작업을 시작할 수 없었다.

게다가 직원들이 하는 일 하나하나를 다 파악하려고 했다. 심지어는 휴일에 뭐 하는지까지 알려고 했다. 웬만하면 휴일에도 회사에 출근하라고 했다. 입사한 지 이틀째 되었던 어떤 직원은 공휴일에 가족과 나들이 가다가 출근하라는 전화를 받고 다음 날 그만 두었다.

직원들은 세 부류로 나뉘었다. 숨 막히는 분위기 속에서도 목구멍이 포도청이라 꾹꾹 참으며 다니는 사람. 조용히 퇴사하는 사람. 부당하다고 항거(?)를 계속하면서도 다니는 사람. 하지만 대부분은 1년을 채우지 못하고 퇴사를 했다.

수간호사 중에서도 '빅 브라더형'이 있었다. 병동에서 일어나는 일은 다 파악을 하려고 했다. 일반 간호사들은 수간호사의 허락이 없으면 식사를 가지도 못 했다. 식사 시간에 같이 갈 짝까지 지정해 주었다. 심지어 응급실이나 중환자실에서 환자를 받을 때도 수간호사에게서 병실을 지정받아야 했다. 수간호사가 자리를 비웠을 때는 병실 배정을 해주지 못했다. 하염없이 기다리던 타부서 사람들은 힘없는 일반 간호사들에게 일처리 빨리 못한다고 핀잔을 주었다.

3. "나만 제일 잘나가" 리더

이들은 자신의 기술과 지식이 가장 뛰어나다고 생각한다. 그래서 남에게서 싫은 소리를 들으면 분개하는 스타일이다. 의사들이 이런 모습을 보이는 경우가 종종 있다. 그들은 자신이 낸 처방에 토를 달거나 이상하다고 말하는 것을 몹시 자존심 상해한다.

"너희들이 감히 내 권위에 도전해?"라는 분위기다. 그래서 간호사들은 그런 부분에 대해 이야기할 때 최대한 예의를 갖추어 우회적으로 전달을 한다.

"뭔가 잘못하신 것 같은데, 잘못된 것은 아니고, 그래도 그냥 두면 문제가 생기지만, 딱히 문제라고는 할 수 없고……" 이런 식으로 애매하게 말하는 지혜를 발휘해야 한다.

일부 의료 기술직 중에도 이런 스타일이 있다. 스킬은 뛰어나지만 자신의 노하우를 공유하는 것을 극히 꺼리는 사람들이다. 밥그릇을 지키기 위한 것인지, 교육자의 마인드가 없어서인지 모르겠지만…….

내가 겪었던 한 치료사는 노하우를 공유하고 후배 양성을 하자고 하면 입에 거품을 무는 사람이었다. 본인이 힘들게 알아낸 노하우니 돈을 줘야, 그것도 현금으로 바로 꽂아줘야 알려주겠다고 했다. 그의 부당한 현금 요구에 신입 치료사들이 그만두기도 했다.

결국 그를 뛰어넘은 후배 치료사는 양산되지 못했고 혼자서 환자 치료를 다 해내느라 근육통, 고혈압, 위장병, 각막 출혈 등의 온갖 병을 얻게 되었다. 그럼에도 꾸역꾸역 혼자 치료를 해 내고 있었다.

그동안 내가 겪었던 리더들을 떠올리다 보니, 이순신 장군님의 리더십이 더욱 값지게 느껴진다. 물론 이순신 장군님은 신급 위인이고, 다른 사람들은 그냥 평범한 사람들이니 비교하는 것조차 의미가 없겠다.

멋진 리더를 만나면 일과 조직의 생산성도 높아지고 개개인의 잠재력도 개발된다. 그렇지 못한 리더를 만나면 조직은 서서히 병들어 가고 일 잘하는 인력들을 점차 다른 곳으로 빼앗기게 된다. 좋은 리더를 만나는 행운도 필요하겠고, 각자가 좋은 리더가 되려고 노력하는 것도 필요하다 하겠다.

날아가는 소리를 잡아서

의사소통이란 기본적으로 주거니 받거니 하는 상호 작용이다. 이 과정에서 전달은 일방적이면 안 된다. 또한 의도한 대로 전달이 되었는지도 확인해야 한다.

일반 기업체와 병원, 둘 다 다녀본 나는 두 곳의 의사소통 방식이 다르다는 것을 알게 되었다. 일반 기업체에서는 주로 회의를 통해 의견을 모으고 전달한다. 그리고 그 내용은 회의록에 기록되고 공유된다. 음성 언어를 문자 언어로 바꾸어서 보다 정확하게 의사소통을 하기 위함이다.

그러나 병원에서는 매번 일반 회사처럼 의사소통을 하지 못 한다. 예를 들면, 의사들이 회진을 하면서 환자들의 상태를 보고 구두로 해야 할 일을 말할 때이다. 약을 이렇게 저렇게 바꿔라, 이런저런 검사를 추가해라, 다른 부서에 협의 진료를 의뢰해 봐라 등을 말로 처방을 하고 가면 그 처방을 듣는 다른 의사나 간호사는 허공에 뿌려진 말을 잡아서 그대로 수행해야 한다. 단 하나의 내용도 놓치면 안 된다. 비록 입 밖으로 나오면 허공에서 사라지는 소리일지라도 말이다.

구두로 해야 할 일이 전달되는 또 다른 경우는 의사가 수술 중이거나 운전 중일 때다. 이때는 일단 해야 할 일을 수행하고 그 내용을 24시간 안에 문자화된 처방으로 남겨야 한다.

하지만 처방이 금지되는 경우가 있다. 피를 주는 수혈에 대한 처방, 마약에 관한 처방, 항암제와 백신에 대한 처방이다.

간호사들끼리의 의사소통도 오류가 나지 않게 주의를 해야 한다.

신규 시절, 선배 간호사가 지나가면서 "XX호 W님, 시트(sheet) 갈아주세요."라고 했다. 그래서 큰 사이즈 시트와 중간 사이즈 시트, 이불을 가지고 W에게로 갔다. "시트 갈아드릴게요."라는 나의 말에 환자는 눈이 동그래지며 "왜요? 안 갈아도 되는데요." 라고 했다. 나도 갑자기 의아해져서 시트를 살펴보니 깨끗했다.

"W님 시트 안 갈아도 되겠던데요." "누가 시트 갈라고 했어요? CT 보내달라고 했지." 선배는 황당하다는 표정으로 날 바라봤다. "아…… 네. 시트가 아니라 시티요." 나는 기어가는 목소리로 대답을 했다.

이처럼 비슷한 발음으로 허공에 뿌려지는 소리도 잘 잡아서 알아들어야 한다.

병원에서는 '이분, 저분, 이것, 저것' 등의 대명사도 가급적 사용하지 말아야 한다. 누구를 혹은 무엇을 지칭하는지 명확하기 않기 때문이다.

병실 소독을 하느라 어수선하던 때에 복도에 두 분이 나와 있었다. 이동차에 누워있던 환자 한 분은 수술실에 가야 했고, 휠체어에 앉아 있던 한 분은 심혈관 조영술 검사를 하러 가야 했다.

책임 간호사가 나에게 "저분에게 트라마돌* 1앰플 IM** 해주세요."라고 했다. '저분이 누구지?' 나는 생각을 해 보았다. '수술 가는 분이 더 아플 거야.'라고 짐작이 되었다. 이동차에 누워 있는 분에게 다가가 주사를 놓으려고 했다. 그랬더니 환자가 "왜요? 왜 진통제를 맞아야 해요?"라고 물었다. 순간 당황한 나는 "아…… 네. 다시 확인해 볼게요."라고 말하고 책임 간호사에게 물어보았다.

책임 간호사는 "아니…… 그분 말고 저분." 책임 간호사의 눈은 휠체어에 앉아 있는 환자를 향했다. '세상에! 이렇게 두루뭉술하게 이야기를 해주다니. 사람 잡겠네.'

* 트리마돌 : 진통제의 일종
** IM : 근육주사

이처럼 이분 저분 대충 말해서는 안 된다. 하지만 혹시 상대방이 그렇게 말을 한다 해도 허공을 보며 하는 말도 잘 알아듣고 실수하는 일이 없어야 한다.

병원에서는 "들은 적이 없는데요. 그런 말씀을 언제 하셨죠?" 라고 반응할 수는 없다. 허공에 흩뿌려지는 소리들도 '나이스 캐치!' 해야 한다. 간호사들이 길러야 할 또 다른 스킬이다. 그렇게 하자면 환자에 대한 전반적인 상황을 자알~ 알고 있어야 한다. 개떡같이 말해도 찰떡같이 알아듣는 신공을 길러두어야 하는 것이다.

기억에 남는 간호조무사들

경력 단절 후 유휴간호사로 40대 중반의 나이에 병원에 다시 갔다. 관리자들이 나보다 어린 사람들이 많았다. 실제 현장에서 뛰는 간호사(액팅 간호사와 책임 간호사라 부른다.)도 나보다 훨씬 어린 20~30대가 대부분이었다.

나이가 많다고 새로운 것에 대한 배움이 느리다고 특별 배려를 해 주는 경우는 별로 없었다. 그들의 성정이 매몰차서 그러할 수도 있지만 병원이라는 곳이 느긋하게 누구를 가르칠 수 없는 환경이어서 그렇기도 했다. 3진 아웃처럼 3번 정도까지는 같은 내용을 알려주기도 했지만, 그 이상 똑같은 말을 해주어야 하는 상황이 되면 무자비한 까임을 각오해야 했다.

그렇다고 어디 가서 하소연하기에는 또래 간호사들도 거의 없었다. 비슷한 나이인 조무사들에게 기대기에는 위신이 서질 않았다. 경력이 오래된 조무사들은 미숙한 간호사들을 앞뒤에서 무시하는 경우가 많았기 때문에 더욱 가까이하기 힘들었다.

이렇게 나는 간호사들 무리에 잘 어울리지도 못했다. 조무사들과도 친해지지 못했다. 어중간한 상황 속에서 몇 년을 보냈다.

하지만 이런 와중에 기억에 남는 조무사가 두 명 있다. 그 사람들 이야기를 해 보고자 한다.

간호조무사 B는 다른 조무사들과 협업을 잘하지 못해서 다툼이 많았다. 관리자급 간호사들이나 무섭다고 소문이 난 간호사들이 있을 때는 열심히 친절하게 일을 했다. 하지만 그들이 없을 때는 제멋대로 한다는 것이 문제였다.

야간에 환자들을 돌보면서도 험한 말을 하거나 위협을 가하기도 했다. 수간호사가 출근하지 않는 일요일이면 다른 조무사들과 싸우기도 했다. 다른 조무사들이 해 놓은 일이 마음에 들지 않는다며 자기 방식대로만 처리하려고 했다. 거기서 그치는 것이 아니라 간호사들에게 와서 "누구누구가 일을 제대로 안 해서 내가 다시 할 수밖에 없었다."라고 없는 말을 했다.

B의 방법은 교묘했다. 관리자들에게는 입 안의 혀처럼 비위를 잘 맞춰주어서 그녀의 실체를 파악하는 것을 어렵게 만들었다. 심지어 참다못한 정의로운 간호사들이 관리자들에게 이야기를

해도 "시기 질투하지 마라."고 오히려 핀잔을 들을 정도였다.

B를 보면서 사람의 진짜 모습을 본다는 것, 특히 위로 올라갈수록 진실을 파악해 내는 것이 어려워진다는 것을 알게 되었다. 그리고 B와 일을 할 때는 보다 강경한 태도로 이끌면서 다른 조무사들과 문제를 일으키지 않도록 조정했다.

간호사무사 G는 환자들에게는 친절했고 일도 잘했다. 그런 G가 어느 날 남자 환자의 소변줄을 빼게 되었다. G는 줄이 빠지지 말라고 고정을 해 둔 풍선의 액체를 제거하지 않고 잡아당겨 버렸다. 부풀어 있는 풍선이 요도를 긁어서 남자 환자의 소중한 부위에서는 피가 흘렀다. 그 일로 인해 책임 간호사에게 야단을 맞은 G가 나를 찾아왔다.

"선생님, 이번 실수로 깨닫게 된 건데요, 제대로 배워서 일을 하고 싶어요. 간호사가 되고 싶어요. 그런데 제 나이가 너무 많지 않나요?"

40대 중반의 G는 어두운 얼굴로 나에게 물었다. 평소에 G는 간호사를 해도 될 정도라고 생각해 오던 차였다. 지금이라도 늦지 않았으니 도전을 해 보라고 격려를 했다. 내 이야기를 들은 G의 표정은 환해졌다.

이후 그녀는 간호대학에 수시 입학을 했다. 만학도로서 공부가 버겁기는 하지만 되고 싶었던 간호사라 즐겁게 공부한다는 소식을 간간이 전해 주었다.

몇 년 뒤, G는 간호사가 되었다. 오랜만에 전화를 걸어온 G의 첫 마디는 "선배님~"이었다. 그리고 취업 자리를 부탁하는 그녀를 도와주었다. 그녀의 첫 직장은 내가 다니던 종합병원이었다.

그녀의 성공 케이스를 본 이후로 나는 간호조무사 공부를 하는 학생들에게 더 공부를 하라고 독려하게 되었다. 간호조무사들이 간호사가 되고 싶은 경우 경력을 인정받을 수 있어 대학 입학이 수월하기 때문이다. 또 간호 인력의 질적 향상이 결국은 전 국민 의료서비스 질의 향상에 직결되기 때문이다.

간호사의 입장에서 간호조무사를 보면, 물의만 일으키지 않으면 좋겠다 싶은 사람이 있고 더 잘 해낼 수 있는 가능성이 기대되는 사람이 있다. 어떤 조무사들이든 우리는 그들과 협업을 하면서도 잘 이끌어가야 한다. 함께 일하는 간호조무사의 특성을 잘 파악해서 최대의 간호 효율을 낼 수 있어야 할 것이다.

이직을 할 때 보이는 다양한 모습

간호사의 경우 한 곳의 병원에 입사를 해서 정년까지 마치는 경우는 매우 드물다. 업무 강도가 세고 근무 조건이 열악하다면 간호사들은 대부분 이직을 생각한다. 일자리를 구하기가 그리 어렵지 않다는 것도 잦은 이직의 원인이기도 하다.

이직을 할 때는 다양한 모습을 보인다. 갑작스럽게 사직 통보를 하고 사라지기는 사람, 다음 간호사가 뽑혀서 안정이 될 때까지 기다렸다가 그만두는 사람, 할 말 다 하고 떠나는 사람, 할 말은 많지만 참고 떠나는 사람, 간호부에 올라가서 그동안의 설움을 토해내고 가는 사람 등.

그중에서 내가 보았던 이직 시의 모습을 몇 가지 이야기하고자 한다.

신규 간호사 H는 스마트하고 일을 잘 했다. 하지만 그녀는 종합병원이 아니라 대학병원에 가고 싶어 했다. 한 살이라도 어릴 때 다양한 경험을 해보고 싶다는 것이 그 이유였다. 그래서 그녀는 여러 대학 병원에 원서를 넣고 쉬는 날이 되면 면접을 보러 다녔다.

그러던 어느 날 H는 내게 와서 대학병원 합격 소식을 알려주었다. 일 잘하던 한 사람이 빠지면 남아 있는 사람들이 힘들어지기에 그녀에게 축하만 해 줄 수는 없었다. 하지만 더 큰 세계로 나가고 싶어 하는 H를 만류할 수도 없었다.

항상 인력난에 시달리던 병원 측에서 사직서 처리를 안 해 주려고 하면서 문제가 생기기 시작했다. H는 대학병원에서 오라는 날짜에 못 맞출까 봐 노심초사했다. 수간호사에게 계속 졸랐지만 확답을 받지 못 했던 H는 급기야 내용증명을 간호부로 보냈다. 내용증명이 큰 의미가 없는 서류일 수는 있지만, 어린 신규가 간호부장 앞으로 내용증명까지 보냈으니 간호부는 시끄러워졌다. 결국 H는 자신이 원하는 대학병원으로 날짜에 맞춰 이직을 할 수 있기는 했다. 비록 동료들의 격한 축복 속에 이직을 한 것은 아니었지만…….

50대 후반이지만 미혼이었던 간호사 L은 다른 간호사들과 잘 어울리는 편이 아니었다. 말투가 상대방을 거슬리게 하는 면도 있었고 고집이 세서 다른 사람들의 말을 잘 안 들었다. 그래도 그녀는 나름 최선을 다해 근무를 했고 휴일이나 연휴가 되면 자신은 미혼이라 별일이 없다며 휴가 신청도 하지 않았다.

그녀의 결정적인 단점은 불평불만이 많다는 것이었다. 자신은 일을 완벽히 잘하는데 다른 사람들이 그렇지 못해서 힘이 든다는 말을 늘 입에 달고 다녔다. 이렇다 보니 다른 간호사들은 L을 점점 멀리하게 되었다. 시간이 흐르자 그녀는 투명 인간 취급을 받게 되었다.

힘들어하던 L은 수간호사와 면담을 자주 했다. 수간호사도 처음에는 L의 불평불만을 잘 받아주었다. 그러나 어느 순간부터 수간호사도 L에게 거리를 두기 시작했나 보다. 이제 자기 말을 들어줄 사람이 없게 된 L은 동갑인 나를 찾아왔다. 다른 간호사들 흉을 보거나 자기 근무표가 엉망이어서 제대로 못 쉰다는 불평이었다.

나도 처음에는 그녀의 말을 잘 들어 주고 조언도 했다.

"선생님, 왜 자기만 일을 잘한다고 생각하세요? 다른 선생님들도 잘하고 있고 최선을 다하고 있는 거예요."

"수선생님은 원하는 날에 휴가는 언제든지 주잖아요. 쉬고 싶으면 휴가를 신청하세요."

내 말을 그녀는 듣는 둥 마는 둥 했다. 같이 앉아 있으면 L이 90%는 말을 하고 있었다. 피곤해진 나도 어느 순간 L을 피하게 되었다.

그러던 어느 날, L은 간호부에 찾아갔다. 그리고는 간호부장과 면담을 했다. L은 그동안의 일을 이야기하고 힘이 들어도 이 병원에서 일을 계속하고 싶다고 했단다. 그러나 동료들이 자신을 왕따 시키고 수간호사가 자기에게 부당한 대우를 한다고 했단다. 그때 간호부장은 다른 부서로 가볼 거냐고 제안을 했지만, L은 거절했다고 했다. 어차피 다른 곳도 다 비슷할 거라면서. 그럼 도대체 요란하게 간호부까지 왜 찾아간 거지?

L은 그 이후로도 몇 년을 더 다니다가 병원을 그만 두었다. 그리고 그사이에 여러 번의 수간호사 면담, 간호부 면담을 했다. 도대체 그녀가 원하던 것은 무엇이었을까? 들리는 말에 의하면 L이 그만두겠다고 했을 때 주변 동료들, 수간호사, 간호부장까지 모두 환영을 했단다. 씁쓸한 일이었다.

30대의 간호사 K는 수간호사의 총애를 받던 사람이었다. 일도 잘했고 외모도 예뻤으며 무엇보다 수간호사의 마음을 잘 헤아렸다. 병동 총무 역할을 맡아 운영을 잘했고 동료들 사이에서도 평판이 좋았다. 다들 K가 오랫동안 병원에 남아 있을 것이라고 생각했다.

그런데 K가 밤 근무를 하던 날, CPR 상황이 터졌다. 늘 모든 상황에 대처를 잘하던 K였지만 그날은 뭔가 제대로 안 된 모양이었다. K는 심장 마사지를 하며 환자와 함께 중환자실까지 갔지만 결국 환자는 숨을 거두었다. 그런데 문제는 이 상황을 인계하던 중에 생겼다.

K가 "어떻게 해야 할지 몰라 네이버까지 찾아보았어요."라고 말한 것이 화근이었다. 수간호사는 "그런 응급 상황에서 네이버를 뒤져볼 여유가 있어?"라며 K를 크게 질책했다. 그동안의 총애가 한순간에 날아가 버려서 였을까? K는 얼마 뒤에 사직 의사를 비쳤다. 표면상의 이유는 고향에 있는 엄마 곁으로 가고 싶어서라고 했다. 다들 매우 섭섭해 했다.

K가 마지막으로 근무하던 날, 병동 식구들은 선물과 함께 손편지를 써 주었다. 늘 차분한 모습이었던 K는 눈물을 흘렸다. 며칠 후 K는 병동 식구들 나눠 먹으라며 떡을 보내왔다. 그리고 고향에서 취직을 했다는 소식을 알려 주었다. 떠나는 사람, 보내는 사람이 보여주었던 아름다운 모습이었다.

사람은 만날 때보다 헤어질 때 더 잘해야 한다. 지금 헤어지는 사람들을 다시 못 볼 수 있을 것이다. 하지만 떠날 때 향기를 남기는 것이 더 낫지 않을까? 떠나겠다는 간호사 너무 붙잡지 말자. 또 떠날 때는 남아 있는 사람들의 고충을 조금만 더 헤아려 주자. 어차피 우리는 동료들 아닌가?

늘어나는 외국인 환자들

이제는 길에서 외국인을 보는 것이 어렵지 않다. 또한 병원을 방문하는 외국인들도 점점 늘고 있다. 보건복지부의 발표에 따르면 '2021년 국내에 의료 목적으로 방문한 외국인 환자는 14만 6,000명으로 2020년 11만 7,000명 대비 24.6% 증가했다.'고 한다.*

이 외국인 환자들은 주로 치료나 진료를 목적으로 우리나라에 오는데 관광을 함께 하는 경우가 많다. 이런 이들을 위해 의료와 관광을 함께 제공하는 분야가 '의료 관광 서비스'다. 이 '의료 관광 서비스'는 진료 수입뿐만 아니라 관광 서비스 수입까지 가져다

* 출처 : 메디칼업저버 2022.06.26.

준다. 관광 서비스는 컨시어지 서비스, 통번역 서비스 등이 포함되어 있는 고부가가치 사업이다.

외국인들이 주로 이용하는 의료 분야의 통계를 보면, 성형이나 피부 쪽보다는 내과와 건강검진이 더 많다. 우리나라 의료진의 진단과 치료 수준이 뛰어나고 체계적이면서 합리적인 건강검진 서비스가 잘 발달되어 있기 때문이다. 내과, 건강검진, 성형, 피부과 외에도 암 수술 같은 위중한 외과 수술을 하러 오거나 임플란트와 같은 치과 치료를 하러 오는 경우도 있다.

지역별로는 서울에서 제공하는 의료 관광이 약 50% 정도를 차지한다. 서울에는 이른바 빅 5라 불리는 대형 대학병원들을 비롯한 크고 작은 병의원들이 있다. 중증 질병부터 미용 치료까지 분야도 다양하다. 유명 호텔들이 많고 교통망이 잘 갖추어져 있다. 강남역이나 홍대역 부근, 이태원 일대의 유흥지와 북촌, 서촌, 경복궁 등의 역사 관광지도 함께 즐길 수 있다는 것이 서울의 장점이다.

서울 중에서도 특히 강남에서 의료 서비스를 받는 경우가 많다. 강남구 압구정역 근처에는 강남메디컬투어센터가 있다. 이 센터에서는 통번역 서비스, 의료 시설 안내와 주변 관광지 추천 등을 해 준다. 하지만 메디컬투어센터를 이용하지 않아도 의료 관광을 할 수 있다.

각 의료기관별로 의료관광 코디네이터들이 있어서 그들의 도움을 받으면 된다. 이들은 환자가 병원을 선택하기 전 상담부터 진료, 수술, 회복 후 관리, 퇴원 및 귀국 후 온라인을 이용한 케어까지 밀착 서비스를 제공한다.

의료관광을 올 정도의 외국인들은 금전적으로 상당히 여유가 있는 경우가 많다. 이전에 중국에서 사업을 크게 하는 여자분이 피부과 방문하는 것을 도와드린 적이 있다. 그분은 고가의 피부 미용 서비스를 받았다. 또 그 병원에서 권하는 제품들을 싹쓸이 했다. 스케일이 남다른 쇼핑이었다.

그런데 요즘은 의료관광으로 찾아오는 외국인 환자들뿐 아니라 국내에 체류하는 외국인들이 일상적인 진료를 받으러 오는 경우도 늘고 있다. 그중에는 의사소통이 원활한 사람들도 있지만, 그렇지 않은 사람들이 더 많다.

자신의 증상과 증후를 잘 표현하고 의료진이 하는 말을 잘 알아들어야 하는데 의사소통이 잘 안되면 큰 불편함을 초래한다. 간혹 통번역사를 대동하고 오는 사람들이 있기는 하지만 대부분이 그렇지 못하므로 우리는 그런 외국인들을 대할 때 가능한 방법을 모두 동원해야 한다.

내가 외국인 환자와 의사소통을 하기 위해 활용한 방법들은 다음과 같다.

첫째, 설명은 천천히, 정확하게, 쉽게 한다.

의료진과 외국인 환자가 서로의 언어를 잘 구사하면 좋겠지만, 그렇지 않다면 우리나라 말이라도 천천히, 정확하게, 쉽게 해 주어야 한다. 3살 정도의 아이가 알아들을 수 있을 정도로 간결하게 표현해 주면 더 좋다.

둘째, 숫자, 그래프, 모형 등을 이용한다.

복잡하지 않은 숫자, 그래프, 실물 모형 등을 보여준다. 영상이 있다면 활용해 본다. 인체와 관련된 용어나 증상을 표현하는 말들이 다소 어려울 수 있으므로 어린이용 수준의 사전 등을 비치해 둘 수도 있다.

셋째, 제약회사 팸플릿과 메모를 활용한다.

제약회사 팸플릿은 우리나라 말뿐 아니라 영어로 되어 있기도 하다. 또 사진이나 그림으로 설명이 들어간 경우도 있다. 그 팸플릿을 보여주며 설명도 하고 메모도 해 주면 좋다. 소리는 사라지지만 글자는 남아 있으므로 나중에 다시 볼 때 도움을 줄 수 있다.

넷째, 문화적 혹은 종교적 차이를 반영해야 한다.

이슬람을 믿는 사람에게 식이요법을 설명하면서 돼지고기를 포함한다든가, 수혈을 안 받는 종교를 믿는 사람에게 수혈 치료를 강요한다든가 하면 안 된다. 또 미묘한 제스처의 차이도 알고 있어야 한다. 예를 들면, 우리나라 사람들은 눈을 너무 오래 맞추고 있으면 거부감을 느끼지만, 어떤 문화권에서는 눈을 보고 이야기하지 않으면 거짓말을 한다고 느낀다. 또 다른 예로 우리나라 사람들이 손가락으로 만드는 오케이 모양이 어떤 나라 사람들에게는 '돈이 없다.'라는 의미일 수 있다는 것도 알고 있으면 좋다.

앞으로 외국인 환자는 계속 늘어날 것이다. 일반 간호사들도 외국인 환자들을 케어할 준비를 하고 있어야 한다. 의료 관광을 하러 온 환자들이든 국내 거주하는 환자들이든 우리가 먼저 다가가서 최선을 다해보자. 말이 완벽하게 통하지 않아도 우리의 진심을 느낄 수 있게 말이다.

간호사가 나오는 드라마나 영화는 불편해

나는 간호사들이 나오는 드라마나 영화를 잘 보지 못한다. 간호사들이 주인공이 되어 나오는 경우도 거의 없지만, 그나마 조연으로 나오더라도 간호사의 모습을 제대로 그리지 못하기 때문이다.

방영만 되었다 하면 높은 시청률을 기록하는 의학 드라마를 예로 들어 보자. 주인공인 의사들은 자율적이고 진취적이고 해결사들이다. 간호사들은 그에 반해 전문적 업무보다는 단순한 보조적 역할을 하는 수동적인 모습이다. 이렇게 그려진 간호사의 모습을 본 일반인들은 간호사는 그저 의사에게 종속되어 있는 존재라고 생각하기 쉽다. 그것은 잘못된 인식을 심어주는 것이다.

몸매 좋고 예쁜 간호사가 유니폼을 입고 선정적인 춤을 추는 모습을 보여 주기도 한다. 그런 모습은 간호사의 전문성을 심하게 훼손시킬 뿐 아니라 간호사를 성적 대상으로 보게 만든다. 미디어에서 잘못 묘사된 모습의 간호사를 본 일반인들은 실제 현장에서도 간호사에게 성희롱을 하게 된다.

신규 때 겪었던 일이다. 젊은 남자 환자의 엉덩이에 근육 주사를 놓아야 했다. 그런데 주사를 놓기도 전에 그는 "주사 놓고 나서 내 엉덩이를 부드럽게 잘 만져 주세요."라고 하는 게 아닌가?

지금이라면 환자의 손에 알코올 솜을 쥐여주고 "직접 하세요." 라고 쏘아붙일 것이다. 하지만 그때는 말도 못 하고 얼굴이 빨개져서 당황을 했었다. 나에게만 일어난 일이었을까?

간호사를 상대로 하는 성희롱은 아직도 현장 곳곳에서 일어나고 있다. 미디어에서 간호사를 왜곡해서 보여주었기 때문이라고 생각한다.

보통 드라마와 영화가 주를 이루는 미디어에서 간호사는 환자에게 주사나 놓고 의사의 뒤나 따라다닌다. 물론 의사의 처방에 따라 환자에게 주사하고 투약하는 것이 간호사의 중요한 업무 중 하나이기는 하다. 하지만 투약 업무 하나면 놓고 보더라도 간호사의 일은 결코 간단하지 않다. 그 과정을 잠시 살펴보자.

환자의 바로 옆에서 시시각각 변해가는 상태를 확인하는 사람은 간호사이다. 그러다 보니 의사가 낸 약의 종류 및 용량이 적절한지 확인하는 일을 간호사가 한다는 것을 사람들은 잘 모른다. 더 나아가 환자에게 부적절한 처방이 나왔다고 판단되면 의사에게 피드백을 주어 조정한다. 또한 투약 후 환자가 부작용을 겪고 있지는 않은지, 기대했던 효과를 보고 있는지 등을 관찰하고 관련 내용을 다른 의료진이 알 수 있도록 공유한다. 투약과 관련된 행정 업무도 한다. 겉으로 드러난 일 외에도 많은 일을 하고 있음을 일반인들은 잘 모른다.

이처럼 간호사는 의사의 처방(order)을 별생각 없이 수동적으로 이행하거나, 병실 문을 열고 들어와 주사나 만지작거리다가 나가는 사람들이 아니다.

미디어에서 나오는 간호사들의 한가한 모습도 현실에 맞지 않다. 간호사들끼리 사적인 대화를 하며 시간을 보내고 있거나 커피를 들고 병원 건물 밖 어딘가를 걸어가며 휴식을 취하는 것은 잘못된 설정이다.

병동의 간호사를 예로 들어 보자. 간호사는 한 환자에게 5분을 할애하지 못할 정도로 바쁘다. 그 와중에 다른 사람과 시시덕거릴 시간은 없다. 간호사 유니폼에 외부의 균들이 묻으면 안 되기 때문에 가급적 병원 건물 밖으로 나가지 말아야 한다. 그런데 미디어에서는 유니폼을 입은 간호사들이 우아하게 음료수를 손에 들고 잡담을 하며 건물 밖에서 걸어 다니는 모습이 등장한다.

복장에 대한 묘사도 제대로 되지 않고 있다. 얼마 전 어떤 드라마에서 간호사들이 몸에 꽉 붙는 상의와 치마를 입고 한가로이 커피를 마시며 바닷바람을 맞는 모습이 나왔었다. 일단 현장에서는 그렇게 꽉 끼는 유니폼을 입고 일하는 경우는 거의 없다. 물론 상담이나 안내를 주로 하는 간호사의 경우는 그런 유니폼을 입기도 한다. 하지만 환자 치료와 간호에 투입되는 대부분의 간호사들은 활동하기 편하도록 품이 넓은 상의와 바지를 주로 입는다. 문제가 되었던 그 드라마의 복장에 대해서 간호협회가 시정을 요구했다. 이후 장면부터는 유니폼이 바뀌었다.

그럼 왜 처음에 그렇게 몸매가 훤히 드러나는 꽉 끼는 유니폼을 입혔을까? 간호사를 성적 대상으로 보았기 때문일 것이다.

간호사복 외에도 설정상의 문제는 더 있다. 머리 스타일의 경우다. 인종이 다양한 나라에서는 간호사의 머리 스타일을 자유롭게 허용하는 편이다. 하지만 우리나라는 아직도 많은 병원에서 단정한 머리 스타일을 유지하도록 하고 있다. 긴 머리라면 머리망을 하거나 하나로 묶게 한다. 단발의 경우에도 상의 깃에 닿지 않는 길이를 유지하게 한다. 염색도 너무 밝은 색은 허용하지 않고 있다. 하지만 미디어에서는 어떤가? 치렁치렁한 긴 머리에 컬을 한껏 넣어서 등장하는 모습도 심심치 않게 본다.

손톱의 경우를 보자. 색색의 매니큐어를 바르고 뾰족한 손톱으로 일하는 모습이 나오기도 한다. 그런 손톱을 하고 있는 간호사들을 현장에서 본 일이 있냐고 묻고 싶다. 손톱은 길이가 길수록 미생물이 끼어 위생적이지 못 하다. 많은 병원들이 간호사의 과한 매니큐어를 금지하고 있으며 손톱은 가급적 짧게 자르도록 한다는 것을 알아주었으면 한다.

미디어는 일반 대중들의 태도와 행동에 결정적인 영향을 미친다. 특히 미디어를 통해 잘못 형성된 간호사에 대한 이미지는 현실의 삶에도 그대로 투영된다. 이는 힘겹게 일을 하고 있는 간호사들의 자긍심을 떨어뜨린다. 또한 간호사들은 자신이 몸담고 있는 간호계에 회의를 느끼게 된다.

간호사들이 지치면 그 피해는 고스란히 환자와 보호자 그리고 함께 일하는 의료진에게까지 미친다는 것을 알아주면 좋겠다.

미디어들은 앞으로 수동적이고 보조적인 간호사를 그만 등장시켰으면 한다. 환자의 상태를 가장 가까운 곳에서 파악하고, 필요한 설명과 교육을 하며, 응급처치를 하는 등의 전문적이고 적극적인 업무를 수행하는 간호사로 그려주었으면 한다.

중간계에서 산다

간호사는 늘 중간 자리에 있어야 한다.

아픈 환자를 관찰하고 그 내용을 의사에게 알려 처방을 내게 하는 중간.

의사가 처방 낸 검사가 검사실에서 제대로 이루어지게 하는 중간.

환자에게 적용한 처치나 처방이 제대로 정산되게 심사과 혹은 원무과와 연결해 주는 중간.

환자에게 알맞은 식사가 식당에서 공급될 수 있게 하는 중간.

환자의 요구 사항과 보호자의 요구 사항이 다를 때 조정해 주는 중간.

그런데 이 중간이라는 자리가 쉬운 자리가 아니다. 형제자매들 서열 중에서도 중간이 위아래로 치여서 양보도 많이 하고 혼도 많이 나는 것처럼, 조직에서도 중간 직위에 있는 사람이 윗사람 말 따르랴 아랫사람 눈치 보랴 바쁜 것처럼 말이다.

대학병원에서는 회진 시간에 교수님을 필두로 각 계급별 의사들이 우르르 몰려 다닌다. 간호사도 이 회진 무리에 참여한다. 오고 가는 말속에서 새롭게 추가된 처방 등의 정보를 간호사는 기억해 두었다가 챙겨야 한다. 처방을 내는 것은 의사들이지만 빼먹는 것이 없도록 크로스 체크하고 있어야 한다. 그리고 처방이 나면 제대로 난 처방인지 판단해야 한다. 간호사가 주치의의 처방을 판단한다는 것이 이상할 수도 있지만, 혹시나 실수해서 빠진 것들 혹은 간호사가 파악한 환자 상태에 맞지 않는 것들이 있는지 확인하고 판단해 보아야 하는 것이다. 이것이 중간계에서 하는 일 중의 하나이다.

"F 환자 검사 결과 나왔어요? 아침 회진 시간에 결과가 있어야 하니 좀 빨리해주세요." 의사의 전화다. 대부분의 검사가 검사실에서 순서대로 이루어진다. 하지만 간혹 응급으로 결과 확인을 해야 할 때는 검사실에 전화를 걸어 부탁해야 한다. 환자가 검사실까지 못 갈 경우도 있다. 이때에는 이송 수단으로 무엇을 이용할 것인지, 이송을 누가 할 것인지, 언제 이송을 시킬 것인지까지 조정을 해 주어야 한다. 이 또한 중간계에서 하는 일이다.

"Y 환자에게 산소포화도 측정을 하셨네요. 이 환자는 산소포화도 측정과 관련이 없는 병명인데요. 확인해 주세요."

"U 환자는 저녁까지 먹고 퇴원하시나요? 퇴원 당일에 저녁 식사가 처방되어 있네요. 확인 후 빼 주세요."

이런 전화는 환자가 퇴원하는 당일에 심사과에서 받는다. 퇴원비 정산을 하면서 과다 청구가 이루어지지 않게 조정하는 것이다. 식사비, 간호사나 의사가 한 처치비, 검사비, 재료비, 의약품비 등이 병원비에 정산되는데 간혹 중복 청구 등이 있을 수 있기에 꼼꼼히 봐주어야 한다. 그렇게 심사과에서 걸러진 이야기를 듣고 다시 조정을 하는 것도 중간계에 있는 간호사가 한다.

"병원비 정산 좀 빨리 해 주시면 안 될까요? 환자분이 기차 시간에 맞춰 나가셔야 한다고 해서요." 퇴원 당일에 빨리 집에 갈 수 있게 해달라며 조르는 환자와 보호자를 대신해 원무과에 전화를 건다. 원무과도 순서대로 정산을 해 주고 있지만, 간혹 사정이 있는 경우에는 중간에서 조정을 해 준다.

"저 오늘 저녁은 안 먹을래요. 집에서 엄마가 가져온다고 하셨어요."

"저 내일 아침은 죽으로 바꿔 주세요. 소화가 잘 안돼서요."

환자들이 처방된 식사 외의 다른 것을 원할 때는 조정을 해 주어야 한다. 대개는 전산에 입력해서 바꾸어 주면 된다. 하지만 식당에서 조리가 끝났을 시간에 식사 변경을 원하면 전화를 걸어 변경 가능 여부를 확인해야 한다. 만약 변경이 안 된다고 하면 환자에게 가서 상황 설명을 하고 이해시켜야 한다. 이것도 중간계에서 하는 일이다.

“나는 이 영양제 맞기 싫다고. 살면 얼마나 산다고 영양제를 맞아. 그리고 이거 비싸지? 이렇게 비싼 것을 어떻게 맞아?”

보호자가 제일 비싼 영양제를 어머니께 주사해 달라고 해서 준비했건만 어머니는 한사코 거부하신다.

“어머니, 따님이 어머니 걱정되어서 그러는 거잖아요. 이 영양제 맞고 얼른 기운 차리셔야죠. 그래야 귀여운 손녀 손자 얼른 다시 보실 수 있잖아요.”

내 부모님이 아닌데도 그들의 딸로 빙의(?)해서 설득을 해야 한다. 아무리 좋은 말을 해도 어머니가 거절을 하면 보호자에게 다시 전화를 건다.

“어머니가 영양제를 안 맞으시겠다고 하네요.”

“간호사님이 한 번 더 이야기해 주세요. 제가 바빠서 병원에 잘 못 가요. 저 대신 이야기 좀 잘해 주세요. 저도 어머니께 전화해 놓을게요.”

전화기 너머의 딸은 자신의 어머니를 한 번 더 설득해 보라고 한다. 그러면 간호사는 환자에게 가서 처음부터 다시 시작을 해야 한다. 환자와 보호자의 중간에 서서 조정을 하는 것이다.

“병원장 나오라고 해! 병원이 무슨 이따위야? 이 치료하면 안 아플 거라고 해서 비싼 돈 내고 받았더니 더 아프잖아! 병원장 누구야? 얼른 나오라고 해!”

안 그래도 바쁜 병원장을 호출해대는 환자나 보호자가 있으면 1차적으로 말리는 일을 해야 한다. 화가 난 환자와 보호자를 달래고 그들의 이야기를 들어주고 욕을 온몸으로 맞아주어야 한다. 그들이 화를 가라앉히고 합리적으로 해결할 수 있도록 유도해야 한다. 노력은 했으나 해결될 기미가 보이지 않으면 청원경찰이나 불편 사항 처리부서의 직원들이 개입한다. 하지만 일단은 환자와 보호자가 쏜 화살이 더 이상 다른 곳으로 날아가지 않도록 중간 지점에서 화살받이가 되어야 한다.

“저희 아빠가 수술하고 나서 의사 선생님을 한 번도 못 만났어요. 면담 좀 할 수 있을까요?”

애타는 표정의 보호자가 부탁을 하면 주치의에게 전화를 한다.

“지금 안 돼요.” 주치의는 퉁명스럽게 전화를 끊는다. 주치의는 한마디를 했지만, 간호사는 보호자를 설득하기 위해 몇 배의 말을 해야 한다.

“의사 선생님이 지금 다른 일로 바쁘시다고 하네요. 수술 후 결과가 궁금하시죠? 지금은 못 오신다고 하는데 오늘 저녁 회진 시간에 방문은 어려우신가요? 그때 오셔서 설명 들으시면 될 것 같은데요. 혹시 저녁 회진 시간이 어려우시면 내일 아침 회진 시간은 어떠세요?”

이 또한 중간계에서 하는 일이다.

잘해야 본전이고 잘 못하면 욕먹는 자리 중간계. 이 애매한 자리에서 오늘도 이리 뛰고 저리 뛰고 있다.

물 떠다 주는 것은 당연한 거 아니에요?

전국 병원 현장에 '간호간병통합서비스'가 늘어나고 있다. 이 서비스의 도입 취지는 간병비 파산으로부터 가정을 지켜주자는 것이었다.

가족 한 명이 입원을 하면 그 가족의 일상은 무너진다. 처음에 한두 달은 열과 성의를 다해 간병을 한다. 그러나 긴 병에 효자 없다고 시간이 흐를수록 다들 심신이 지쳐간다. 그렇지만 간병인을 쓰자니 경제적 부담이 생각보다 크다.

게다가 요즘 메이드 인 코리아 간병인 찾기는 하늘의 별 따기다. 그래서 조선족 간병사들에게 의뢰를 하는데 그들의 페이도 만만치 않다. 한 달 간병비가 최소 350만 원이다. (정말 최소다.

월 350만 원 따위(?)를 받고 24시간 간병 안 한다고 하는 사람들이 더 많을 것이다.) 거기다 병원비와 병원에 있는 동안 사용해야 하는 소모품비는 별도다. 그러니 집안에 누가 한 명 병이 나고 그 환자가 장기 입원을 하게 되면 집안이 풍비박산 나는 것은 시간문제이다.

정부는 국민들의 간병비 부담을 덜어 줄 해법으로 '간호간병통합서비스'를 제시했다. 2016년 4월부터였다. '간호간병통합서비스'는 보호자 없는 병원을 지향한다. 즉, 간호사가 입원 병상의 전문 간호서비스를 24시간 전담하고, 간호조무사는 간호사와 함께 보조 역할을 수행한다. 따라서 개인적으로 간병인을 둘 필요가 없다. 보호자는 병원에서 환자를 돌보지 않고 일상생활을 할 수 있다.

간혹 보호자가 절대로 병동에 있으면 안 되느냐고 질문을 하는 경우가 있다. 100% 보호자 상주 금지는 아니다. 의료진이 필요하다고 판단하는 경우 한시적으로 보호자 상주가 가능하다. 아래와 같은 경우들이다.

- 임종이 예측되거나 상태가 악화되는 경우
- 수술 및 시술 당일
- 정서적 지지가 필요한 경우
- 중환자실에서 병동으로 온 당일

- 의사 표현이 안 되어 불편감 표현을 못 하거나 호출 벨을 스스로 누를 수 없는 경우

간호간병통합서비스는 전문 간호를 포함해 다양한 기본 간호를 제공한다.

식사를 혼자 못 하는 환자에게는 밥을 먹여준다. 눈이 침침한 환자들의 생선 가시도 발라주고 이가 부실한 환자들을 위해 고기도 먹기 좋게 잘라준다. 식사 후 양치질도 도와준다. 1주일에 두세 번은 머리를 감겨 드린다. 거동을 못 하는 환자들은 침상에서 서비스를 받는다. 이동이 가능한 환자라면 샤워실까지 모시고 가서 해 드린다. 그래서 간호간병병동에는 미용실에서나 봄직한 머리 감기용 의자가 있다. 필요시는 전신 목욕도 해 드린다. 거동이 불편한 환자들은 장기간 누워 있다 보면 욕창이 많이 생긴다. 피부가 벗겨지고 까지고 심하면 썩는다. 욕창을 예방해 주기 위한 체위 변경도 2시간마다 해 드린다. 화장실까지 가지 못하는 환자들의 대소변도 치워드린다.

이용 금액도 개별적으로 간병인을 고용하는 것과는 비교가 안 될 정도로 저렴하다. 건강보험 지원으로 환자가 부담해야 하는 금액은 하루 몇만 원 정도이다.

이렇듯 경제적으로도 도움이 되고 서비스도 좋다 보니 퇴원 때가 되면 집에 가기 싫다고 하는 어르신들도 종종 있다.

"집에 가면 아무도 없어. 여기 있으면 삼시 세끼 밥 주고 나를 이렇게 잘 돌봐주니 너무 좋아. 그냥 여기 계속 있고 싶어."라고 말씀하는 것을 들으면 뿌듯하다.

하지만 일부 환자와 보호자들은 간호간병통합서비스를 호텔 컨시어지 서비스 정도로 여기는 경우가 있다. 조금 심하게 말하면 간호 인력을 메이드나 파출부 정도로 여기는 게 아닌지 의심스러울 때가 있다. 간호간병통합서비스가 A to Z까지 모두 해 주는 것이라고 잘못 생각하는 것이다.

본인이 어느 정도 위생을 관리할 수 있고 의식도 명료하다면 혼자 할 수 있는 일은 간호 인력의 도움을 받지 말아야 한다. 그럼에도 호출 벨을 눌러 소소한 일을 시키는 경우가 있다. 벨을 눌러서 가보면 TV 리모컨 찾아달라, 떨어진 핸드폰 찾아달라, 창문 닫아 달라…… 와 같은 사소한 일들을 해달라고 한다.

언젠가 멀쩡히 잘 걸어다니는 환자가 벨을 눌러서 가 보았더니 물을 떠다 달라고 하는 거다.

"환자분, 물은 직접 가져다 드셔야죠." 했더니 환자는 오히려 황당해하면서 "물 정도는 떠다 줄 수 있잖아요. 여기는 다 해준다던데 아니에요?"라는 반응을 보였다.

"혼자 하실 수 있는 일에 저희를 찾아서 시간을 뺏으시면 정말 중요한 돌봄은 못 받게 되실 수 있어요."라고 설명을 해 주었다. 환자는 마지못해 "알았어요."라고 대답을 했다.

간호간병서비스는 장점이 많은 제도이다. 환자들은 밀착 간호서비스를 받을 수 있고, 보호자들은 시간적이고 경제적인 면에서 이익을 볼 수 있다.

그럼 간호사들에게도 간호간병서비스가 좋을까?

답은 "그렇다."이다.

간호간병병동은 인력이 다른 부서에 비해 많다. 보통의 병동에서는 간호사 한 명당 환자 수가 20~30명 정도인데 간호간병병동에서는 간호사 1명이 9~10명 내외의 환자를 본다. (최근에는 서구 선진국 수준인 1명당 6명 정도로 해야 한다는 주장이 계속 나오고 있다.) 간호조무사, 지원사, 이송담당 등이 별도로 있어서 도움을 받을 수 있는 인력이 많은 편이다.

또한 간호간병병동을 만들면 기존 시설이 업그레이드된다. 환자 접근성을 높이기 위해 간호사 스테이션이 더 많이 만들어진다. 스테이션이 많아지면 환자를 더 가까이에서 관찰할 수 있게 되고 비상 상황 시 대응이 빨라진다. 환자 안전시설이 강화된다. 전동 침대, 낙상 패드, 목욕 시설 등이 추가된다.

간호 인력이 24시간 돌보므로 환자들에게 전인적이고 포괄적인 간호를 제공할 수 있다. 보호자나 간병인들이 없으니 환자 이외의 사람들이 하는 많은 요구가 줄어든다는 것도 장점이다. 환경도 더 깔끔하게 위생적으로 유지할 수 있다. 상주하는 인원들로 인한 병원균의 전파 위험도 줄어든다.

이처럼 많은 장점을 지닌 간호간병서비스 병동이 뭐든지 다 해 주는 해결소로 전락하지 않도록 사람들의 인식이 더 많이 개선되었으면 한다. 고객감동, 고객만족이라는 명목하에 모든 것을 다 해 주는 것이 간호간병은 아니다. 친절과 봉사를 다 해야 하지 않냐며 시시콜콜한 요구를 해서 전문적인 간호 행위에 지장을 줄 정도가 되어서는 안 된다는 것을 알아주었으면 한다.

다행히 요즘 많은 병원의 간호간병병동에서 '개인적 심부름은 자제해 주시길 바랍니다.'라는 교육을 시키고 있으니 사람들의 인식도 점점 나아지리라 기대해 본다.

간호간병서비스가 셀프 케어를 할 수 있는 사람에게 물까지 떠다 주는 서비스는 아니라는 것을 꼭 기억해 주었으면 한다.

그러고도 밥 잘 먹고, 울고 싶어도 못 우는

간호사들이 날것의 피와 살을 보는 것은 일상이다. 사람인지라 역겨울 수 있지만 참아내야 한다. 그러다가 밥 먹을 시간이 되면 언제 그랬냐는 듯이 다 잊고 식사를 한다.

슬픈 일이 있어도, 힘든 일이 있어도 심리적 평정을 유지해야 한다. 자신보다 더 슬프고 더 힘든 환자와 보호자들 앞에서 무너지면 안 된다.

피를 타고 돌아다니는 포도당이 차고 넘치다 못해 소변으로 나오는 병을 당뇨병이라 한다. 당뇨병 환자의 피는 당 성분이 많이 있어서 정상보다 끈적하다. 이 끈적거리는 피는 모세혈관이라고 부르는 작은 혈관들부터 막게 된다. 모세혈관은 콩팥, 눈, 손끝,

발끝에 주로 많이 분포해 있다.

당뇨병을 오래 앓은 사람들은 특히 모세혈관이 막혀서 여러 가지 합병증을 앓게 된다. 눈의 모세 혈관이 막혀 오는 당뇨병성 백내장, 콩팥 혈관이 막혀서 오는 신장 기능 저하, 손끝과 발끝의 모세 혈관이 막혀 저릿저릿한 느낌이 드는 당뇨병성 신경병증 등이 대표적이다. 특히 손끝과 발끝은 신경병증을 넘어서 조직이 썩게 되는 경우가 생길 수 있다.

오랜 당뇨병으로 인해 발이 썩어서 결국 절단 수술을 받은 환자 P. 그는 밤마다 환상통(phantom pain)에 시달렸다. 환상통이란 절단된 사지에서 느끼는 통증성 감각 이상이다. 간단히 말해서 사지가 절단되었는데도 그 사지가 남아 있는 것처럼 느끼는 통증이다. 마약성 진통제까지 맞고 있었지만 그는 수술 후 몇 날 며칠을 고통스러워했다. 밤에 어두컴컴한 복도의 방문 사이로 새어 나오는 그의 신음 소리는 소름을 돋게 하다못해 머리털이 곤두서게 했다. 오디오 테러였다.

낮에 상처 부위를 소독할 때는 비디오 테러였다. 거즈, 패드 그리고 탄력 붕대에 엉겨 붙은 핏덩이. 핏덩이를 제거하고 그 위에 사정없이 발라지는 소독약. 그리고 다시 거즈, 패드, 탄력 붕대 감기. P는 다리를 부여잡고 고통으로 한껏 몸을 뒤로 젖혔고 얼굴은 일그러졌다. 그의 몸은 땀범벅이 되었다. 나는 의사에게 필요한 물품 넘겨주랴 환자 진정시키랴 정신없는 와중에도 그의 발을 보면서 흠칫흠칫 놀라곤 했다.

나는 그럼에도 불구하고 밥은 잘 먹었다. 그런 난리(?)를 겪은 날에도 배는 고팠으니까. 그 험한 살덩이를 보고도 밥은 넘어갔다. 고기도 맛있게 잘 먹었다. 사람 몸에서 본 것은 안 익은 고기이고, 내 입으로 들어가는 것은 익은 고기라는 차이밖에 없었다. 내가 이렇게 잔인하고 무딘 사람이었던가? 우아하고 고고하게 내숭 떨며 살고 싶었던 나의 바람은 산산조각 난 지 오래였다.

폐암 말기 환자였던 S는 곱게 늙은 할머니였다. 목소리는 조곤조곤했고 흰 피부를 가진 자그마한 체구였다. 산소 호흡기를 늘 끼고 있어서 의사소통이 쉽지는 않았지만, 옆에 가서 처치를 할 때면 가만히 손을 잡아 주고 눈으로 웃어 주곤 했다. 가쁘게 쉬는 숨소리를 내는 것 외에는 너무 조용히 계셔서 가끔 생사를 확인하기 위해 일부러 들여다볼 정도였다.

할머니는 상태가 점점 나빠져 1인실로 가게 되었다. 언제 임종할지 모르니 가족들이 번갈아 곁을 지켰다. 가족들도 할머니를 닮아 친절했고 온화했다. 바빠서 잘 챙겨 먹지도 못할 거라며 갈 때마다 입에 먹을 것을 넣어 주곤 했다. 힘들겠다며 위로도 해 주고 고맙다는 이야기도 자주 해 주었다. 밤에 들어가 일을 할 때면 잠을 못 자서 어떻게 하냐며 안쓰러워했다. 해달라는 것이 조금만 늦어도 소리 지르고 팔짱 끼고 째려보는 사람들, 간호사가 해 주는 행위는 모두 당연하다는 듯 받아들이는 사람들과는 다른 부류였다.

할머니와 가족들에게 점점 정이 들 무렵, 할머니는 돌아가셨다. 마지막 거친 숨을 내쉬는 순간에도 얼굴 표정은 평온했다. 할머니의 죽음에 나는 마음이 비통했다. 돌아가시는 분들을 한두 번 본 것이 아니었으나 그 전과는 다른 느낌이었다. 울고 싶었다. 할머니를 안고 흐느끼는 가족들 틈에 껴서 나도 울고 싶었다.

하지만 나는 그 순간에 가족들과는 다른 일을 해야만 했다. 임종 후 처치를 하고, 각종 서류를 신청하고, 임종 당시의 상황을 전산에 기록하고, 영안실에 가실 수 있도록 조정을 해 드려야 했다. 두 눈에 눈물을 그렁그렁 달고도 손과 발은 움직여야 했고 목소리는 차분해야만 했다. 울고 싶어도 울 수 없었다.

아무리 험한 것을 보았더라도, 아무리 슬픈 감정을 느꼈더라도 간호사는 참아내야 한다. 어떤 상황을 겪어도 밥 잘 먹고 울고 싶어도 못 우는 사람들, 간호전사들이다.

너, 거기 서 있지 말고 뭐 좀 해!

신규 간호사들은 응급 상황이 터지면 갑자기 꿔다놓은 보릿자루가 된다. 다들 급하게 재빨리 일하고 있는데 할 줄 아는 것이 별로 없는 신규는 겉돌게 된다. 내가 겪은 신규 시절 응급 상황 이야기를 할까 한다.

81세 남자 환자 P씨는 당뇨병, 고혈압, 협심증을 기저 질환으로 가지고 있는 분이었다. 2주 전부터 숨쉬기가 힘들고 몸이 부었다고 했다. 그냥저냥 견디고 있었는데 며칠 전 가슴에 바위가 올라가 있는 듯한 극심한 통증을 경험했다고 한다. 집에서 니트로글리세린을 3회 복용하고도 효과가 없어서 응급실을 통해 병동으로 입원한 케이스였다.

책임 간호사가 시키는 일을 하던 액팅 간호사 시절이었다. day 듀티였던 나는 점심식사 후 환자들에게 먹는 약을 주느라 병실을 돌아다니고 있었다. 갑자기 간호조무사 한 명이 한 병실에서 뛰어나오며 숨찬 목소리로 말을 했다. "803호 P 환자분이 이상해요!" 803호를 담당하던 책임 간호사를 비롯한 몇 명이 병실로 들어갔다.

잠시 후 한 명이 큰소리로 "CPR이야."라고 소리쳤다. CPR은 심정지 환자를 살리기 위한 심폐소생술을 말한다. 다른 병실 담당 간호사들과 병동에 머물러 있던 레지던트 한 명이 급박하게 합류했다. CPR을 위한 각종 기구와 응급 약품이 있는 카트를 끌고 가는 사람, 원무과에 전화를 걸어 블루코드*를 요청하는 사람, 병실에 있던 보호자를 내보내는 사람, 환자의 침대 위로 올라가 가슴 압박을 하는 사람, 산소를 틀어 앰부백**에 연결하는 사람, 환자 혈관을 확보하려고 정맥 주사 바늘을 꽂는 사람, 커튼을 치는 사람 등. 지휘관도 없는데 병사들은 각자 역할을 나누어 전투를 하고 있었다.

뒤늦게 달려간 나는 주머니에서 수첩을 꺼내 상황을 기록하기 시작했다. "너, 거기 서 있지 말고 뭐 좀 해!" 환자의 팔에서 정맥 혈관을 확보하고 있던 담당 책임 간호사의 날카로운 목소리가 들

* 블루코드 : CPR이 발생했음을 알리는 방송, 방송이 나가면 CPR전담팀이 해당 병실로 모인다.
** 앰부백 : 숨쉬기 힘들어하거나 숨을 쉬지 않는 환자의 폐에 공기를 넣어주는 의료 기구

려왔다. 평소 후배들 갈구기를 잘 하던 선배였다. 특히 본원(대학과 병원의 재단이 같은 곳) 출신 간호사들을 집중적으로 괴롭히던 사람이었다. 본인이 지방에서 간호대학을 나와 상경한 사람이어서 자격지심에 저런다고 우리 동기들은 수군거렸었다.

'저 선배는 뒤통수에 눈이 달려 있나? 저 와중에 나를 볼 수는 없었을 텐데.'

안 그래도 요즘 나에게 이래라저래라, 너는 왜 이것을 못 했냐, 정신을 어디 두고 다니는 거냐 하며 계속 괴롭혀서 감정이 점점 나빠지고 있는 중이었다.

"상황을 기록하고 있습니다. 이따가 정확하게 차팅하는데 도움을 드리려고욧!"

나도 모르게 큰 소리를 지르고 말았다.

'조무사부터 다른 간호사, 의사, 환자들까지 있는데 저런 말을 해야 했을까? 나를 망신 주려고 한 말인 것 같은데, 도대체 왜 저러는 걸까?'라는 생각이 들었다.

선배 간호사는 수액을 걸면서 나를 힐끗 쳐다보았다. 마치 '그게 뭐 대단한 일이니?' 하는 눈빛이었다. 이제 환자가 죽고 사는 것보다 내가 입은 마음의 상처가 더 크게 와 닿았다. 계속 기록은 하고 있었지만 내 얼굴에는 열이 올랐고 머리에서는 스팀이 나왔다. 화가 너무 나서 글씨를 쓰는 손이 흔들렸다. '내 언젠가 저것을 밟아주고 말리라. 으드득 뿌드득.'

CPR 전문팀이 와서 전기 충격까지 했지만, 환자는 살아나지 못했다. 의사의 사망 선고가 나자 보호자들은 망연자실했고 통곡을 했다. 같은 병실에 있던 환자들도 멍한 표정이 되어 버렸다.

P씨에 대한 사후 처지가 어느 정도 정리되자 담당 책임 간호사는 차팅을 시작했다.

"뿌우욱!"

나는 수첩을 큰 소리가 나게 찢어서 803호 책임 간호사에게 던지듯 주었다. 선배 간호사는 '어쭈!' 하는 눈빛으로 나를 쳐다봤다. 나는 울그락불그락한 열이 오르는 얼굴을 하고 선배 간호사의 눈을 똑바로 쳐다봤다.

몇 초가 흘렀다. 선배 간호사는 눈길을 피하더니 내가 건넨 메모를 보며 차팅을 하기 시작했다. 무척 바쁜 척했다.

'휴~~ 다행이다. 엄청 갈릴 뻔했는데…….'

쿵쾅거리는 내 심장 박동을 느끼면서 아무렇지 않은 듯 어깨를 한 번 쭈욱 펴보았다.

'잘했어! 잘했다구!' 스스로를 격려했다.

의기양양해 있는 내 앞으로 흰 시트에 싸여 영안실로 내려가는 환자의 모습이 보였다. 가볍게 고개를 숙이는 것으로 조의를 표했다.

"아까 살아나시라고 응원 못 해 드려서 정말 죄송해요."라고 혼잣말을 했다.

응급 상황에서 자신이 뭐를 해야 하는지 잘 모르겠다면 기록이라도 하자. 다들 급하게 움직이느라 약물이 얼마나 들어갔는지, 언제 어떤 조치를 취했는지 잘 모를 수 있다. 그때 전체 상황을 꼼꼼히 기록해 놓은 것이 있다면 나중에 차팅할 때 도움이 된다.

사라진 수술동의서

"수술동의서 어디 있어요? 수술방 갈 때 확인 안 하고 보냈어요? 지금 수술방에서 동의서 없다고 전화 왔잖아요!"

day 듀티 책임 간호사의 날카로운 목소리가 병동을 가로질렀다. 고관절 골절로 오늘 아침 수술방에 내려간 E 환자의 수술동의서가 없다는 것이었다. 내가 담당하고 있던 환자다.

"아침에 수술 체크리스트에 수술동의서가 있다고 표기가 되어 있었는데요."

그랬다. 수술방 내려가기 전에 수술 체크리스트를 확인했었다. 수술동의서가 있다고 전산 처리가 되어 있었다.

"그런데 없다잖아요. 정말 있는 거 확인했어요?"

책임 간호사의 목소리는 한 톤 더 올라갔다. 아뿔싸! 어제 night 듀티 간호사 서명으로 작성된 전산 수술 체크리스트만 보고 말았지 정말로 수술동의서가 첨부되어 있는지 확인을 안 했다.

수술이 많은 성형외과, 정형외과, 신경외과, 흉부외과 등의 외과계에서는 수술 전후 과정의 루틴이 있다. 그 루틴 과정의 어느 하나가 소홀히 되었다가는 수술 결과에 큰 영향을 미칠 수 있기에 간호사들은 각별히 신경을 써야 한다. 수술실 간호사들에게는 수술과 관련된 그들만의 루틴이 있다. 또 수술방에 보내고 받는 일반 병동 간호사들에게도 수술 전후 과정과 관련된 루틴이 있다.

병동 간호사의 수술 전 주요 준비 과정을 보면 다음과 같다.

1. 필요시 수술 부위 삭모 해 두기

우리나라 사람들의 경우 털이 많지 않아 삭모를 자주 하지는 않지만, 인종에 따라 털이 많은 경우도 있으므로 거기에 맞춰 준비를 해야 한다. 외국인 환자가 점점 늘어나고 있으니 삭모를 하는 경우도 점점 늘어날 것이다.

2. 전날(보통 자정)부터 금식시키고 금식판 붙여 놓기

금식의 경우는 음식물뿐만 아니라 껌, 담배, 물도 모두 금지이다.

간혹 환자가 목마름을 너무 심하게 호소한다면 물에 젖은 거즈를 잠시 물고 있게 하거나, 물로 입을 헹구게 하거나, 얼음을 잠시 물고 있게 하는 방법을 쓴다. 금식판을 붙이면서는 환자와 보호자 교육을 잘 해야 한다. 금식판을 붙이는 것을 하지 않으면 다른 의료진이 수술 당일에 실수로 음식을 먹여 버릴 수도 있다.

3. 심호흡과 기침하기, 가래 뱉기, 사지 운동, 되도록 빠른 시간 안에 침상 밖으로 나와 활동하기 등을 교육하기

수술 환자들은 수술 부위의 통증 등으로 인해 기침과 가래 뱉기를 어려워한다. 하지만 기침과 가래 뱉기를 잘 하지 않으면 폐에 균이 감염되는 폐렴이나 폐가 쪼그라드는 무기폐가 생길 수가 있다. 따라서 심호흡과 기침하기, 가래 뱉기를 효과적으로 할 수 있도록 미리 교육을 해 두어야 한다. 수술 후 움직이지 않게 되어 침상에 누워 있는 시간이 길어지게 되면 심장으로 되돌아 들어가야 하는 피(정맥혈)이 정체되게 된다. 이로 인해 혈전성 정맥염, 하지 부종, 복부 팽만 등이 올 수 있다. 따라서 조기이상(되도록 빠른 시간 안에 침상 밖으로 나와 활동하게 하는 것)을 격려해야 한다.

4. 수술동의서, 수혈동의서 등 각종 동의서 있는지 확인해 두기

수술동의서에는 수술에 관한 설명, 있을 수 있는 부작용 등이 적혀 있다. 수술동의서를 받는 목적은 환자와 의료진 모두를 보호하려는 목적이다. 하지만 사실 끝까지 읽어보면 이러저러한 위험이 있을 수 있는데 잘 알아 두시고 문제가 생겨도 의료진은 책임 이 없으니 그래도 하고 싶으면 서명하시오…… 라는 내용이다.

"밤번 선생님이 있다고 전산 처리해 두어서요. 다시 확인을 안 했어요."

도대체 있지도 않은 서류를 왜 있다고 표시를 해서 이 사달을 내는 걸까?

"아침에 수술을 보내면서 다시 확인을 했어야죠! 지금 동의서가 없어서 수술 시작을 못 하고 있다잖아욧!"

병동이 떠나가도록 지르는 소리를 들으며 동의서를 찾기 시작했다. 동의서는 어디 간 것일까? 간호사 스테이션을 샅샅이 뒤져도 없다. 시간이 자꾸 흘러갔다. 민망함을 무릅쓰고 주치의에게 전화를 걸어 물어보니 보호자와 환자에게 관련된 설명을 하고 동의서 서명을 받아서 보냈단다. 책임 간호사의 눈썹은 점점 치켜 올라갔고 나는 입이 바짝바짝 마르고 심장이 가슴 밖으로 튀어 나올 것처럼 뛰었다. 뒤지고 뒤져도 나오지 않았다.

얼마의 시간이 지났을까?

"여기 있어요. 환자 침대 위에 떨어져 있었어요."

조무사가 종이 한 장을 흔들며 헐레벌떡 달려왔다. 주치의가 환자와 보호자 편에 수술동의서를 보냈는데 간호사에게 전달을 안 해 주고 침대에 놓았던 것이었다.

간호사를 패스한 보호자와 환자가 미웠다. 있지도 않은 서류를 있다고 전산 체크를 하고 퇴근해 버린 밤번 간호사도 미웠다. 고래고래 고함을 지른 책임 간호사는 더 미웠다.

'어휴~~ 재수 더럽게 없네.' 속으로 사람들을 욕했다. 하지만 마지막에 한 번 더 확인을 하지 않은 내 실수도 있음을 인정하지 않을 수 없었다.

그날 난 수술을 마치고 돌아온 E와 그녀의 보호자를 냉랭하게 대했다. 밤에 일하러 나온 어제 night 듀티 간호사에게는 인사를 하는 둥 마는 둥 했다. 그게 소심한 내가 할 수 있는 최대의 복수였다.

수술과 같이 중요한 치료를 받는 환자들은 더 많이 신경 써야 한다. 다른 사람이 해놓은 준비 사항을 믿지 말고 두 번 세 번 확인을 하는 습관을 들이도록 하자.

그녀는 뒷담화 제조기였다

"선생님, 제가 비밀 이야기해드릴게요."

J가 나의 팔을 잡아끌고 탕비실로 데려갔다. J는 다른 층에서 몇 달을 근무하다가 내가 있는 부서로 온 지 한 달이 채 안 된 사람이었다. 15년 동안 다른 일을 하다가 다시 간호사가 된 50대의 나처럼, 50대에 자격증을 따고 일을 하게 된 사람이었다. J는 동료들과 트러블이 심해 방출되어 왔다.

그녀를 보내면서 그 부서 팀장이 "J에 대해 한마디만 할게요. J가 저에게 당신이 팀장 자격이 있는지 잘 생각해 보라고 하더군요."라고 말했다. 자기 직속 상관에게 그런 말을 하는 것은 쉽지 않다. 더군다나 상명하복이 강한 의료계에서 상사에게 그렇게 엉겨 붙는 것은 대단히 간이 부은 처사다. 하지만 J에 대한 선입견을 가지게 될까 봐 그 팀장의 말을 새겨듣지 않았다.

'일하다 말고 무슨 비밀 이야기지?'

의아하기는 하지만 뭔가 중요한 이야기인 것 같아 뿌리치지 못했다.

"선생님, 2층 처치실의 H는 술 마시고 일했어요. N은 환자들이 예약 시간에 안 오면 일 안 해도 된다고 더 좋아해요. 이번에 결혼하는 Y는 남편이 놈팡이예요. 나는 남편이 이번에 천만 원을 주었어요."

이 무슨 자다가 봉창 뜯는 소리냐?

"선생님, 지금 무슨 소리 하는 거예요? 바쁘니까 이런 말 하려고 나 불러 내지 마세요."

화를 냈다.

"저는 선생님이랑 친해지려고 그랬죠."

J가 나를 빤히 쳐다보며 말했다. 소문 그대로 이상했다.

저녁 퇴근길에 J가 전화를 했다.

"선생님, 낮에는 죄송했어요. 제가 선생님을 좋아해서 그랬죠."

사과를 먼저 하니 나도 아까 화를 내서 무안하게 만든 것이 미안했다. 몇 마디 말이 오고 갔는데 갑자기 이전 팀장에 대한 이야기를 했다.

"그 팀장이 나를 거기서 몰아내려고 다른 사람을 꼬드겼다니까요. 내가 경력이 얼마나 많은데 나보고 느리다고 하고, 못 알아듣는다고 하고……."

"다시 이런 이야기하려고 전화하지 마세욧!"

이번에는 더 화를 내고 전화를 끊었다. 이 정도면 알아들었겠지 하면서.

하지만 그날부터 그녀의 복수가 시작되었다. 자기는 열심히 정성을 다해 병원의 수익을 높여주려고 하는데, 팀장이 도와주지 않는다며 소문을 내기 시작했다. 내가 환자 혹은 보호자와 트러블을 겪게 되는 날이면 어김없이 주변 사람들에게 탐문을 해서 나의 실수담을 여기저기 퍼트리고 다녔다. 무능하고 공정하지 못한 팀장이라고 소문을 냈다. 인사를 하도 안 하길래 아는 체 좀 하고 다니자 했더니, 다음 날 갑자기 나를 붙잡고 오늘 아침에 인사했는데 왜 안 받아줬냐고 시비를 걸었다.

주변에 있는 동료들에게뿐 아니라 식당 여사님, 청소 여사님을 붙잡고 내 뒷담화를 했다. 아침 일찍 와서는 물리치료실 과장에게 가서 안 좋은 이야기를 퍼뜨렸다. 내 팔을 잡고 탕비실에 들어가 다른 사람 흉을 본 것처럼 정말 아무나 붙잡고 지치지도 않고 흉을 봤다.

어느 날 상담실장이 찾아왔다. 세탁 여사님도 찾아왔다.

"선생님, J에게 잘해 주지 마세요. 선생님 흉을 엄청 보고 다녀요."

굴욕적이었다.

'내가 만만해 보였나? 어떻게 자기 팀장 욕을 저렇게 하고 다닐 수 있지? 처음부터 확! 휘어잡아 놓을 것을 그랬나?'

며칠을 벼르다가 대면을 했다.

"선생님, 선생님이 내 흉보고 다니는 거 다 알아요. 조심하세요. 나에게 와서 알려 주는 사람들이 있어요."

"뭐라고요! 누구예요? 그런 소리 옮기고 다니는 사람이? 삼자대면하자고요!"

J가 길길이 날뛰었다. 나도 점점 이성을 잃어갔다. 그렇다고 나에게 알려준 사람이 누구인지 말해 줄 수는 없지 않은가? 싸움이 번질까 봐 차마 알려주지 못했다. 그동안 했던 이상한 행동들에 대해서도 지적을 했다. 둘 다 목소리가 점점 커졌다. 빈방에서 이야기를 시작했지만, 큰 소리가 새어 나갔을 거다. 환자들과 보호자들이 들을 수 있다는 것을 둘 다 점점 잊어갔다. 한참 실랑이를 했지만 결론을 내지 못했다.

인사과장에게 전화를 걸었다. 소문 그대로 이상하다고, 왜 저 사람을 보내서 이런 시련을 겪게 하냐고 따져 물었다.

"J가 가정적으로 힘들어서 그래요. 그 자매님을 제가 신앙으로 잘 이끌어주고 있으니 팀장님도 좀 도와주세요."

이건 또 무슨 소리냐? 가정적으로 힘들면 직장에 나와서 다른 사람 괴롭혀도 된다는 건가? 인사과장이 독실한 교인이라는 것은 알고 있었지만, 신성한 예수님을 어디 이런 데다 갖다 붙이는 거지? J를 다른 부서로 보내달라고 요청을 했다. 인사팀장은 안 된다고 했다. J가 장점도 많은 사람이니 좀 더 보듬으며 끌고 가라고 했다. 결정적으로 더 이상 보낼 곳이 없다고 했다. 포기했다. J도, 병원의 해결 방식도. 그날부터 J를 없는 사람 취급했다.

몇 달이 흘렀다. J에게 기존에 하던 일에다가 병원장 외래진료실 일을 도와주게 하라는 지침이 내려왔다. J는 좋아했다. 병원장에게 앞으로 걱정 끼치지 않고 잘 보좌하겠다고 말했다는 소리가 들려왔다.

사건은 엉뚱한 곳에서 터졌다. 병원장 방에 원래 있던 사람이 J 때문에 일을 못 하겠다고 찾아왔다. 하는 일 없이 차트만 끼고 들어왔다 나갔다 한다고 전해왔다. 게다가 자신에게 전달해야 할 일도 병원장에게 직접 말하는 것이 자신을 무시하는 것 같다고 하소연했다.

다른 부서 팀장이 찾아왔다. 자기 부서 사람들을 괴롭힌단다. 말소리 크다고 시끄럽다고 타박을 하고, 자기가 할 일을 자꾸 자기 부서 사람들에게 떠넘긴다고 했다. 별로 먹고 싶지 않은 음식을 권해서 거절을 했더니 화를 낸다고 했다.

병원장님 방 선생도, 다른 부서 팀장도, 내가 직속 팀장이니 해결해 달라고 했다.

난감하고 귀찮았다. 말이 통하는 사람이면 진즉 말로 해결했지. 대화를 해야 한다는 것조차 불쾌했다. 차라리 넷이 만나보자고 제안을 했다. 같이 이야기를 해 보자고. 다들 동의를 했다.

넷이 만나서 그간의 이야기를 했다. 처음에는 차분차분. 하지만 점점 분위기가 험악해졌다.

J는 자신이 잘못한 것이 없다고 항변을 했다. 3:1로 몰아세운다고 화를 냈다. 말이 먹히지 않았다. 40분 가까이 이야기를 하다가 J가 방을 뛰쳐나갔다.

다음 날, J가 사표를 냈다는 말을 인사과장이 했다. 그러면서 직장 내 괴롭힘으로 노동부에 신고를 한다 했다며, J에게도 경위서를 받을 테니 내게도 경위서를 내라고 했다. 경위서를 썼다. 그간의 일을 쓰고 있자니 열이 뻗쳤다. 한편으로는 내 자신이 한심했다. 처음부터 대응을 잘할 걸 그랬다는 후회가 들었다. 하지만 그 후로 J를 보지는 못했다. 노동부에서 연락 왔다는 소리도 못 들었다.

만일 어떤 사람이 지나치게 남의 흉을 보고 다닌다면 그냥 간과하지 말자. 그런 사람들은 자신을 제외한 모든 사람이 비난거리일 것이다. 그런 사람들에게는 남의 눈에 있는 티끌을 보지 말고 자신의 눈에 있는 들보를 보라고 꼭 말해 주자.

그가 퇴원하던 날

"왜 빨리 퇴원 처리를 안 해 주는 거야? 씨발."

병실에서 환자 처치를 하고 있는데, 거친 고성과 욕이 들렸다. 간호사 스테이션 쪽이다. 처치를 잠시 멈추고 후다닥 가보았다. 오늘 아침 담당 의사가 회진하면서 퇴원하라고 했던 70대 남자 환자다.

"의사가 집에 가라고 한 게 언제인데, 아직도 병원이잖아. 뭐 하고 있는 거야? 씨발."

또 욕이다.

"W님, 퇴원은 의사 선생님이 말한다고 바로 할 수 있는 게 아니에요. 원무과에서 지금 수속 중이니 조금만 더 기다려 주세요."

아파서 힘들었고 병원이 갑갑했던 환자들은 '퇴원'이라는 말을 들으면 무척 기분 좋아한다. 그러나 병원은 규모가 클수록 하루에 입원과 퇴원을 하는 환자의 수가 엄청나기 때문에 절차를 밟는 것에도 시간이 오래 걸린다. 당일 퇴원이 결정된 경우, 담당 간호사는 더욱 신속하고 빠르고 정확하게 절차를 밟아 주어야 한다. 정해진 시간 안에 퇴원이 안 되면 하루치 병실료가 더 나갈 수 있기 때문이다.

간호사가 환자의 퇴원을 위해 해 주어야 할 일에는 다음과 같은 것들이 있다.

환자가 언제까지 밥을 먹고 갈 것인지 확인해서 식사 주문 혹은 취소를 위해 식당에 알려 주어야 한다. 또 예정되어 있던 검사나 치료를 다 하고 갈 것인지 확인 후 조율해 주어야 한다. 다른 과에 협진(협의진료, consulting)이 나 있는지 확인하고, 혹시 협진이 나 있는데 답을 받지 못한 것이 있다면 외래에 와서 볼 건지 아님 아예 취소를 할 건지 알아봐야 한다. 덧붙여 동의서 등에 사인을 안 한 것이 있으면 뒤늦게라도 챙겨야 한다. 환자가 입원 당시에 가지고 온 약이 있다면 준비해 두어야 한다. 그리고 주치의가 낸 퇴원 약 처방을 확인해서 전산처리를 하여 약국에서 조제하도록 해야 한다. 그 약이 오면 챙겨 주어야 한다. 마약류 약품이 퇴원 약으로 처방이 되었다면 별도의 처리 과정을 거쳐야 한다. 또한 퇴원 후 지켜야 할 사항에 대해 환자 및 보호자 교육을 한다. 퇴원요약지도 작성해야 하고, 다음 외래 방문 예약을 잡아 주어야 한다. 퇴원 시까지 사용했던 각종 약품과 의료물품 등에 대해 심사과가 심사를 한 후 원무과에서 비용 산출을 할 수 있도록 전산처리를 해 주어야 한다. 만약 입원 확인서 등 원하는 서류가 있다면 받을 수 있도록 한다. 다른 병원으로 가는 경우 안전한 이동을 위해 앰뷸런스, 이동차, 산소 등을 준비해야 한다. 나가기 전에 드레싱 혹은 실밥 뽑기 등의 처치가 필요하면 해 주어야 한다. 하고, 하고, 하고, 아고고다.

이 과정을 잘 알지 못하는 대부분의 환자들은 의사가 "퇴원!"이라고 말하면 온 우주가 기다렸다가 일사천리로 수속이 끝나는 줄 안다.

간호사 스테이션에서 욕을 퍼붓던 W는 성질을 내다 내다 급기야 맞고 있던 수액을 손으로 잡아 빼 버렸다. 처음 봤다. 환자의 혈관에서 피가 총구에서 나오듯 발사되어 나오는 것을. 혈압이 높아져 있는 상태여서 그랬을까? 붉은 피가 반원을 그리며 날아갔다.

"아아악! 뭐 하시는 거예요?"

간호사는 다른 환자나 보호자들이 불안해할 수 있으므로 웬만하면 뛰어다녀서도 안 되고, 큰 소리를 내서도 안 된다. 아니 안 된다고 배웠다. 하지만 피가 솟구치는 상황에서 나도 모르게 소리를 지르고 말았다. 피는 근처에 있던 드레싱 카트와 바닥에 흩

뿌려졌다. 각종 약품들과 의료용품들이 소독된 상태로 준비되어 있는 드레싱 카가 엉망이 되었다. 깨끗한 빨래 위에 김칫국물이 쫘악~ 뿌려진 거다.

주삿바늘이 빠진 부분을 내 손바닥으로 급하게 눌렀다. 어디선가 나타난 다른 간호사가 알코올 솜을 건네주었다. 알코올 솜으로 피가 나는 부분을 다시 눌렀다. 피를 본 후에야 정신이 돌아온 환자는 조용해졌다.

'미친놈, 못된 놈.'

소리 내서 욕을 하고 싶었지만, 민원 들어갈까 봐 참았다. 목젖을 한 번 더 꾹 눌렀다.

"W님, 저희가 지금 빨리 나가실 수 있게 해 드리려고 최선을 다하고 있어요. 원무과에서도 처리 중이니 다 되면 연락드릴게요. 병실에 가 계세요."

화가 나서 열은 나는데 낭랑하고 산들산들한 목소리로 환자 응대를 해야 하다니. 유체 이탈이다. 환자를 병실로 데려다 놓고, 뽑힌 수액을 정리하고, 동료들과 함께 바닥의 피를 닦았다. 그날 드레싱 카트 정리 담당은 나였다. 오염되어 못 쓰게 된 물건들은 버리고, 세척할 것은 세척 후에 소독 의뢰하고, 드레싱 카트 위의 피도 닦아 냈다.

'할 일도 많은데 갑자기 공쥐 놀이를 하게 되다니?'

몇 시간 후에 W의 퇴원 수속이 끝났다. 주의 사항과 외래 방문

시간 안내 등을 하는 나는 환자가 눈치채지 못하게 이를 악물고 말을 하고 있었다. 환자는 이제 순한 양이 되어 고개를 끄덕끄덕 하며 잠자코 듣고 있었다.

"W님, 건강하세요. 병원에는 다시 안 오시는 게 좋으니까 관리 잘 하세요. 안녕히 가세용~."

환자 손목에 있던 입원 팔찌를 가위로 시원하게 끊어주면서 속으로 말했다.

'다시 만나지 맙시다요. 우리 인연 여기서 쫑 칩시다요.'

폭력이 난무하는 병원

"어깨에 힘이 들어간 사람은 온갖 볼썽사나운 짓을 한다. 일단 거만하다. 지위가 비슷하거나 낮은 사람에게는 더욱 그렇다. 일이 잘되면 다 자기 덕이라며 다른 사람의 노력을 우습게 여기고, 자랑할 생각이 아니면 절대로 아이디어를 나누지 않으며, 남의 말에 귀를 기울이는 법이 없다." (잭 웰치 〈승자의 조건〉 중에서)

물리치료사 과장 C는 내가 입사하던 날, "아무것도 하지 말고 시키는 대로만 하라."고 주문했다. 물리치료사는 의료인이 아니고 간호사는 의료인이다. 따라서 상하 관계는 만들어질 수 없다. 협력 관계이다. 하지만 60세가 넘은 그는 "라떼는 말이야."를 연발하며 협력 관계라는 것을 이해하지 못했다. 문제가 있어서 상의를 하러 가면 자기가 얼마나 힘든지, 자기 기술이 얼마나 뛰어난지, 그런데 다른 사람들은 얼마나 일을 안 하고 못 하는지에 대한 일장 연설을 했다. 오고 가는 대화란 없었다. 병원장 말 외의 누구 말도 귀담아듣는 경우가 없었다.

그는 늘 자기의 기술은 최고라고 자랑을 하면서도 후배 치료사들에게 기술을 전수하는 데는 인색했다. 자기에게 기술을 배우려면 돈을 내야 한다고 했다. 나중에 안 일이지만 실제로 병원장 몰래 돈을 받아 챙겨 오고 있었다. 어느 날 새 치료사가 입사를 했는데 과장이 나를 불렀다.

"새로운 치료사 실수를 하게 유도하라고. 병원장 눈 밖에 나게 해."

'이게 무슨 말이지?'

의아했다. 나중에 알고 보니 신입 치료사가 입사한 그날, 치료사 과장이 교육비 명목으로 수백만 원을 그날 오후까지 보내라 했다 한다. 그것도 현금으로. 신입 치료사는 거부를 했고 그날부터 과장의 괴롭힘이 시작된 것이었다.

황당함을 넘어 경악했다. 어떻게 같은 병원의 후배를 교육시키면서 돈을 챙기려 했는지 이해가 안 되었다. 그러나 다른 치료사들도 이구동성 과장 치료사에게 돈을 내고 기술을 전수받았다고 했다. 그게 그들 세계의 룰이라 했다.

간호사들에게는 신규 간호사가 들어오면 1년 정도 데리고 다니며 교육을 시키는 프리셉터-프리셉티 과정이 있다. 그 과정에서 금전이 오고 가는 것은 있을 수 없는 일이다.

그래서 나는 더더욱 이해가 안 되었다. 과장은 돈을 받았다고 기술을 다 전수한 것도 아니었다. 치료 과정을 표준화시켜야 하는데 핵심 기술은 가르쳐 주지 않았다. 환자들은 왜 치료 방법이 하는 사람마다 다르냐고 항의를 했다. 이런 환자들의 불편사항을 전달하면 과장은 화부터 냈다.

"간호사가 중간에서 쉴드를 잘 쳐야 하는 거 아냐? 나를 보호해야지, 환자 편을 들어?"

그는 자신에 대한 안 좋은 말을 전달한다고 기분 나빠했다.

그뿐인가? 자신은 이전에 마음에 안 드는 병원장을 때리고 필리핀으로 도망간 적이 있다며 팔뚝의 문신을 보여주었다. 자기 말을 안 들으면 뒤집어엎을 거라 협박을 했다. 필리핀의 어느 곳에서 따온 학위인지는 모르겠는데, 한의사 자격증도 있다며 환자들에게 알 수 없는 식이요법을 따르라고 강요했다. 이미 있던 물리치료 의료기계를 개량해서 쓰고 있었는데 그것을 자기가 개발했다며 근거 없는 자랑을 했다.

과장은 도수 치료 아닌 도수 치료를 하면서 병원에 막대한 수입을 올려주고 있었다. 무시할 수 없는 수입원이 되어주니 어느 누구도 태클을 걸지 못했다.

스케줄에 대한 요구 사항도 많았다.

"A 환자는 월, 수, 금으로 잡아라, B 환자는 화, 목, 토로 잡아라, 요일을 못 맞추면 보고를 다시 해라, 점심을 먹어야 하니 시간 여유롭게 빼 줘라. 수요일과 토요일은 집에 일찍 가야 하니 추가 예약 잡지 말아라……."

요구 사항이 너무 많아서 관련 부서에 문서를 만들어 배포했다. 그 중 한 장이 병원장 손에 들어갔다. 병원장은 치료사 과장의 전횡에 화를 냈다. (동료 치료사에게 돈 받은 것은 병원장에게 보고되지 않았다. 인사과에서 사태가 커진다고 내게 함구하라고 했다.)

병원장에게 야단을 맞은 그날, 과장은 나를 불러 쌍욕을 하고 소리를 질렀다. 물병을 집어 던지고 책상과 의자를 밀치며 때리려고 했다. 정말 문신 있는 팔로 얻어맞을 것 같았다. 갑자기 당한 일이라 녹음이나 녹취를 하지 못했다. 그것을 알고 있던 과장은 몇십 분 동안 자기 화풀이를 다 한 후 이 방에서 있었던 일은 나가서 이야기하지 말라고 다시 협박을 했다. 시정잡배고 폭력배였다. 인사과장이 사태 파악을 하러 왔다. 하지만 상황을 다 들은 인사과장은 이번에도 그냥 지나가자고 했다. 내부에 그런 문제가 있더라도 치료실 문을 닫을 수 없다는 것이 그 이유였다.

그날 이후 나는 치료사 과장과 인사과장에 대한 어떠한 기대도 품지 않게 되었다. 그리고 최소한의 의사소통만 하며 지내게 되었다.

만일 내게 같은 일이 다시 일어난다면 증거부터 철저히 모을 거다. 그 증거를 가지고 사건 경위서를 만들고 병원이나 노동청에 정식으로 문제 제기를 할 거다. 병원에서 일어나는 언어적, 신체적 폭력 사태를 덮고 숨기는 비겁함을 다시 반복하지는 않을 거다. 나를 위해서 그리고 나와 같은 일을 당할지도 모르는 동료들을 위해서 말이다.

좀 낑가 주이소, 예?

"좀 낑가 주이소. 치료 받고 나면 기차를 놓친다카요. 좀 낑가 주이소, 예?"

두 자매는 대구에서 올라왔다. 치료를 받아야 하는 사람은 언니다. 초진 환자들은 치료 예약을 미리 하지 않았다면 대기를 오래 해야 한다는 것을 두 자매는 모르고 왔다. 수서역에서 돌아갈 SRT 편을 예약하고 왔단다. 남은 시간은 1시간 남짓. 치료를 받고 나면 기차를 놓치게 생겼다.

"L님, 저희는 다 치료 예약제예요. 중간에 끼워드리면 다른 분들이 피해 보잖아요. 환자분만 사정이 있는 게 아니에요. 다른 분들도 마찬가지죠. 요즘 안 바쁜 사람이 어디 있어요? 대학병원

가시면 몇 시간씩 기다리시잖아요. 처음 병원 오시면서 이렇게 여유를 안 잡고 오시면 어떻게 해요?"

상황을 설명해도 두 자매는 막무가내로 조른다. 경험상 조르기 시작하는 사람들이 물러나는 경우는 없다는 것을 안다. 하지만 치료 환자를 중간에 끼워 넣게 되면 전체 스케줄이 엉망이 된다. 그것을 감당해야 하는 것도 힘든 일이다.

"우리가 오죽하면 이랴겠능교? 장사하다가 왔는데 좀 봐 주이소, 예? 예?"

20대 때 친구들과 경상도 쪽으로 놀러 갔던 때가 생각이 났다. 밤늦게 경주로 들어가야 해서 친구 한 명이 택시 기사분과 이야기를 하러 갔다. 그런데 잠시 후에 둘이 언성을 높이며 싸우고 있는 소리가 들렸다. 깜짝 놀라 가보니 그냥 대화를 하고 있는 것이었다. 그때 잠시 '신라가 삼국 통일을 한 것도 저렇게 시끄럽게 떠드니까 귀찮아서 땅을 내준 것이 아닐까?' 하는 말도 안 되는 생각을 했었다. 부모님이 모두 경상도 분들인데도 아직도 그 독특한 억양과 냅다 지르는 소리에는 적응이 안 된다.

두 자매가 번갈아 내게 어퍼컷을 날렸다. 번갈아 졸랐다. 그녀들은 포기를 몰랐다. 무서운 갱상도 아지매들이었다. 나도 점점 혈압이 올랐다.

"그러시면 치료실에 한번 물어나 볼게요. 하지만 치료 순서를 조정해 준다는 보장은 없어요."

나는 화가 나는 것을 참으며 최대한 부드럽게 말을 했다. 하지만 속으로는 두 자매 흉을 보고 있었다.

'아줌마들아, 그렇게 억세게 굴면 안 돼요.'

치료실에 전화를 해서 블라블라 설명을 했다. 치료실에서는 당연히 안 된다고 했다. 중간에 환자 끼워 넣으면 안 된다는 것을 모르냐고 핀잔을 들었다.

'누가 모르냐? 오죽하면 내가 전화를 했겠어?' 왜 환자들에게 시달리는 것은 나의 몫이고, "치료해줘서 고맙습니다."라고 인사를 듣는 것은 너희들의 몫이냐?

꽝! 전화를 거칠게 끊었다. 나도 열받았다.

"봐요, 환자분. 안 된다잖아욧!" 내 목소리의 톤도 한 단계 올라갔다. 내 몸속에도 갱상도의 피가 흐른다. 나도 열받으면 막가파 될 수 있다.

"하이고오~. 20분만 당겨주면 되는데 그게 뭐가 어려운교? 치료 받고 바로 가서 장사를 해야 되니까 이러는 거 아닌교? 내가 직접 이야기하면 안 되는교?"

이건 또 뭔 소리냐? 직접 치료실에 이야기 하게 했다가는 그야말로 내 머리가 깨질 판이었다. 두 자매는 물러설 기색이 없었다. 사태를 해결해야 했다.

"정 그러시면 그 다음 환자 한 분이 저기 앉아 계시는데, 순서를 바꿔 주실 수 있는지 물어볼게요."

10분 있다가 들어갈 예정인 환자는 서울 서남부에서 온 40대 남자였다. 지난번에도 예약 시간보다 좀 늦게 치료를 받은 적이 있어서 말 꺼내기가 쉽지 않았다. 하지만 두 아지매 등쌀에 뭐라도 해야 하는 상황이었다.

"환자분, 다른 게 아니라 이 두 분이 대구에서 오셨는데 다음 순번에 치료를 못 받으시면 기차를 놓치셔서 블라블라……."

"안 돼요. 지난번에도 치료를 늦게 받았잖아요. 게다가 오늘은 친구와 중요한 약속이 있어요."

"아…… 네 그러시죠. 그렇죠. 다들 사정이 있다니까요. 알겠습니다." 나는 일부러 두 자매가 들으라고 큰 소리로 말했다.

그런데 갑자기 두 자매가 쌩~하니 달려와서 나와 남자 환자분 사이에 섰다.

"아재요오, 사정 좀 봐 주이소. 아재는 서울 사니까 칭구 만나러 금방 간다 아닙니꺼. 우리는 기차 놓쳐뿌면 한참 기달렸다 가야 한다 아닙니꺼. 가서 장사도 해야 되고, 좀 봐주이소. 예?"

두 자매는 남자를 조르기 시작했다. 조르고 조르고 계속 졸랐다. 이쯤 되니 두 자매가 무서웠다. 나는 슬그머니 그 자리를 피했다. 싸움 붙여 넣고 도망치는 중이었다. 얼마나 졸랐는지 결국 남자는 순서를 바꿔주었다.

"하이고~ 아재, 감사해요오. 복 받을 깁니다. 감사해요오."

도대체 저렇게 멸치 볶듯 볶는 여자들을 감당할 수 있는 남자가 있을까? 그리고 그 상황에서 받게 되는 복은 과연 어떤 것일까? 두 자매는 연신 굽신거렸다. 하지만 화가 난 남자는 갑자기 일어나 자리를 피했다.

용감하고 끈질긴 자매는 순서를 바꾸는 데 성공했다. 그녀들은 치료 받고 다음 예약을 하고 수납을 하러 원무과로 향했다. 그런데 잠시 후 또 큰소리가 났다. 가볼까 말까 잠시 고민하다가 가봤다. 내려가 보니 무슨 말인지 모를 소리를 지르며 병원 문을 나서는 두 자매의 뒷모습이 보였다.

"무슨 일이에요?"

"아…… 택시 잡아 달라고 해서요. 지금 점심시간이라 저밖에 없는데 다른 분 응대하면서 택시까지 알아봐 드리느라 좀 늦었더니 뭐라 하네요." 원무과 직원이 지친 표정으로 말했다.

'나만 당한 게 아니라서 다행이다.'

'앗! 뭐 이런 사악한 마음이? 아니, 사악한 마음이 아니라 같이 고생하는 동료애를 느끼고 싶었던 거야.'라며 내 마음을 포장했다. 자리로 돌아와 환자 이름 옆에 @@@를 그려보았다. 나에게 스트레스를 준 환자들에게 하는 소심한 복수였다.

네 남편 것은 큰 딱풀만 해, 작은 딱풀만 해?

지금도 그렇지만 내가 청소년일 때는 제대로 된 성교육이 없었다. 부모님들은 자식들을 먹이고 입히기 바빴고, 성에 관한 이야기를 자녀들에게 한다는 것은 상상도 할 수 없던 시대였다. 아마도 그분들이 해 줄 수 있는 최고의 성교육은 "너는 다리 밑에서 주워 왔다." 정도였을 거다.

고등학생 시절 때 생물 선생님에게서 처음으로 성교육을 받았다. 선생님은 교실 커튼까지 쳐가면서 임신과 출산에 대해 이야기해주었다. 교육이 거의 끝나갈 무렵 한 용감한 친구가 "그런데 정자가 어떻게 여자 몸으로 들어가요?" 하고 물었다. 다들 무지의 수준이 비슷비슷했다. 물론 생물 선생님은 어물쩍어물쩍 그냥 넘어갔다. 결국 리얼 팩트는 모른 채 대학생이 되었다. 그래서 성과 관련된 이야기를 하거나 듣는 것은 늘 은밀하고 조심스러웠다.

전공이 전공인만큼 인체에 관한 그림은 적나라하게 볼 수 있었으나, 들여다보고 있으면 '삐리리~~' 하고 화끈한 느낌이 오는 것이 아니었다. 살껍질 벗겨진 근육들, 파랑과 빨강으로 표현된 혈관들, 해골로 변한 뼈들을 보면서 무슨 말랑말랑한 느낌을 받을 수 있었을까?

남성과 여성 생식기를 보여주는 사진과 그림을 보며 공부할 때는 다른 사람에게 들킬까 봐 마음을 졸였다. 외설스러운 그림을 보는 것이 아니라 학술적으로 접근하는 건데도 말이다. 대학 1학년 때 기본간호학 교재에 나오는 여러 체위(position)에 대한 공부를 하고 있는데, 친언니가 와서 "너네는 이상한 것 배우네."라고 반응했다. 그 이후로는 가족들 앞에서는 간호학 책을 펼치지 않게 되었다.

남성과 여성의 흥분 과정을 1,2,3 단계로 분석해서 외웠다. 그 생각을 하면서 남자 친구를 만나면 될 흥분도 안 될 것 같았다. 이성을 어느 정도 잃어야 제대로 느낄 수 있는 내용을 철저하게 이성적으로 접근했다. 이런 상황이니 일반적인 음담패설은 하지도 않고 들어보지도 않은 채 졸업을 했다.

희한한 음담패설(EDPS, 내가 대학생 시절에는 이렇게 불렀다)

을 듣기 시작한 것은 어느 검진센터의 내시경실에서 일할 때였다. 검진센터는 점심시간이 1시간 정도라 밥을 먹고 삼삼오오 모여 휴식을 취하는 경우가 많았다. 그 시간에 팀장과 또 다른 한 명이 EPDS를 시작했다. 휴식 시간 내내 EDPS를 듣는 것은 매우 괴로웠다. 그리고 예쁘장하게 생긴 두 사람이 그런 이야기를 한다는 것도 놀라웠다. 어떤 내용인지는 지금은 기억이 나지 않는다.

다만 충격을 받았던 장면이 하나 있다. EDPS를 하던 간호사 한 명이 갑자기 일어나서 딱풀을 가져오더니 "네 남편 것은 이 큰 딱풀만 해? 아니면 작은 딱풀만 해?"라고 한 것이다. 대부분 낄낄댔으나 몇몇은 얼굴을 찌푸렸다. 나에게는 정말 귀를 씻어내고 싶은 순간이었다.

지금이나 그때나 성희롱 방지 교육은 필수였다. 하지만 교육을 받는다고 사람의 오랜 습성이 바뀌지는 않는다. 그 뒤로도 오랜 기간 동안 그들의 EDPS는 점심시간의 주요 화젯거리였다.

제발 그런 이야기 좀 그만하라고 하고 싶었지만 그때는 들어간 지 얼마 안 된 때라 입 닫고 사는 시절이었다. 내가 다른 사람에게 싫은 소리를 못 하는 소심한 사람이기에 더욱 그만하라는 말을 하기가 힘들었다. 여자들도 EDPS를 화끈하게 한다는 것을 그때 알게 되었다.

EDPS, 정말 재미있는 소재일 수 있다. 하지만 직장에서든 어디든 여자나 남자나 성희롱성 발언, EDPS는 되도록 하지 말았으면 한다. 하는 사람들은 즐거울지 몰라도 그런 주제가 싫은 사람들은 괴로우니까. 세상에 대화의 소재로 삼을 것들은 많다. EDPS가 아니더라도.

아프고 나서야 병원을 그만 두는

간호사들은 환자와 보호자의 정신적, 신체적, 사회적, 영적 건강을 돌본다. 그런데 아이러니하게 간호사들이 자신의 건강을 제대로 지키지 못하는 경우가 자주 발생한다. 예상치 못한 사고를 당하거나 병을 얻기도 한다.

지금이야 AIDS가 만성병처럼 관리되고 있지만, AIDS는 죽을 병이라고 생각하던 때가 있었다. 그때 내 친구 B는 AIDS 환자의 혈액을 뽑다가 그 환자의 바늘에 찔렸다. 부푼 꿈을 안고 일을 시작한 지 채 1년이 안 되었을 때 당한 사고였다. 절망에 빠진 친구는 병원을 그만두었고 그 이후 소식이 끊어졌다.

보건직으로의 이직을 위해 일부러 나이트킵을 지원해서 입사

한 O. 나이트킵은 한 달에 15일 정도만 일하면 되고 근무 시간이 고정되기 때문에 공부하기에 좋을 거라고 판단했단다. 하지만 한 달, 두 달 시간이 흐를수록 몸에 이상이 왔다고 했다. 없던 난청이 생기고 생리불순이 온데다가 낮에 자려고 해도 자꾸 깨다보니 늘 머리가 무거웠다고 했다. 그리고 밤에 일하러 나오려고 하면 기분이 나빠지고 우울함을 깊게 느끼게 되었다고 했다. 결국 O는 1년을 다 채우지 못하고 병원을 그만두게 되었다. 그녀가 그 다음에 선택한 곳은 다단계 마케팅 회사였다.

누가 봐도 몸이 약해 보이던 K. 그녀는 체력적 한계를 느끼고 그만두고 싶어했으나 인력이 부족하니 계속 일해 달라는 병원 측의 요구를 뿌리치지 못했다. 날이 갈수록 말라가는 딸을 보다 못한 부모님들은 밤 근무만이라도 시키지 말라고 했지만, 수간호사는 그마저도 들어주지 않았다. 그렇게 세월을 보내던 K는 결국 갑상선암이라는 진단을 받았다. 그녀는 진단이 내려진 이후에야 사직 처리를 받을 수 있었다.

책임감이 강했던 E가 식사를 제대로 하는 것을 본 적이 없었다. 그녀는 듀티가 무엇이든 빵과 음료수를 사 들고 왔고 그것마저도 일하면서 조금씩 나눠 먹었다. E가 식당에 가는 것은 한 달에 한두 번뿐이었다. 그나마 밥을 먹으러 갈 때면 담당 병실에 들러 “저 밥 먹고 올 테니 조금만 기다려주세요.”라고 일일이 보고(?)를 하고 갔다.

E가 힘들어하는 모습을 몇 번 본 나는 나이트 근무라도 하지 말라고 충고를 했다. 나이트 근무 자체가 발암 물질이니까. 그때마다 그녀는 나이트 수당이 안 나오면 월급이 너무 적다는 걱정을 했다. 그렇게 강박적으로 환자들을 챙기며 무리하게 일을 하던 E는 결국 혈액암에 걸렸다. 퇴사를 한 그녀가 대학병원에 입원을 했다는 소식을 들은 것이 마지막이었다.

K와 E는 비슷한 시기에 퇴사를 했다. 둘 다 암에 걸렸다는 것을 알고 있었지만, 다들 쉬쉬하는 분위기였다. 30대 중반도 안 된 꽃다운 나이였다.

왜 이렇게 많은 간호사들이 사고를 당하고 병을 얻은 후에야 일을 그만두는 것일까? 그리고 과연 합당한 위로와 보상은 받기나 하는 걸까?

간호사들은 다른 사람들의 건강을 챙기기 전에 자신의 건강부터 돌아봐야 하겠다. 간호사의 몸과 마음이 건강해야 더 많은 사람들을 도울 수 있으니까.

누구를 위한 희생인가?

경기도 이천의 한 투석 전문 병원에서 화재가 났다. 사망자는 간호사 1명, 환자 4명이었다. 간호사의 이름은 현은경 님이었다. 환자들은 60대 한 명, 70대 한 명, 80대 두 명. 투석을 받는데다가 고령이어서 화재 발생 시 대피가 쉽지 않았을 거다. 소방관들의 말에 따르면 연기가 서서히 차올랐기 때문에 현간호사님은 충분히 대피할 수 있었을 거란다. 그런데 그녀는 그렇게 하지 않았다. 끝까지 환자의 곁을 지키다가 아까운 목숨을 잃었다.

병원의 인력들은 화재 시 대피 요령을 주기적으로 교육받는다. 내가 있던 병원에서는 한 달에 한 번 간호 관련 세미나를 하면서 화재 시 대피 교육을 필수로 했다. 필수 교육에는 성희롱 교육,

근골격계 질환 예방 교육, 화재 시 대피 교육 등이 있었기 때문이었다.

근무 시간에 이리 뛰고 저리 뛰다가 자리에 앉아서 교육을 받으려고 하면 나도 모르게 조는 경우가 많았다. 게다가 필수 교육들은 주기적으로 반복되는 거라 다른 간호사들도 그냥 듣는 시늉만 하는 경우가 대부분이었다.

화재 시 대피 교육의 마지막은 강당이 있던 9층에서 1층 병원 밖으로 탈출하는 것이었다. 진짜 화재가 났다면 뛰어 내려갔을 테지만, 연습이니 대부분 낄낄대며 천천히 걸어 내려갔다.

병원에서 화재가 나면 대피하는 요령에는 순서가 있다. 먼저 원무과에 전화를 해서 화재 방송이 나가게 하고, 119에도 신고를 해야 한다. 작은 불이라면 소화기 혹은 소화전을 이용해 불을 끄도록 해보지만, 그렇지 않다면 신속하게 대피를 해야 한다.

대피시키는 환자들의 순서는 일반인들이 생각하는 순서와는 좀 다르다. 일반인들은 고령자나 움직이지 못하는 환자를 먼저 대피시켜야 한다고 생각할 수 있다. 그러나 병원에서는 자기 스스로 거동을 할 수 있는 환자들이 우선이다. 다른 사람의 도움이 필요한 환자들을 대피시키려면 3명 혹은 4명이 한 조가 되어야 한다.

현은경 님은 혼자서 4명 환자를 대피시키려다가 결국 자신을 희생시키고 말았다. 인터뷰를 보니 혼자 근무했던 것 같지 않던데, 앞뒤 생각할 겨를 없이 몸을 던진 듯하다.

간호사로서의 커리어를 무척 자랑스러워하면서 교수가 꿈이었던 내 친구 S. S는 대학교를 졸업하자마자 대학원을 다니기 시작했고 빠르게 승진하고자 온몸을 던져 일을 했다. 연애도 잘해서 대학원을 다니며 결혼을 했고 임신을 했다. 그렇게 24시간이 모자라…… 하면서 치열하게 살던 S는 임신 8개월째에 CPR(심폐소생술)을 하게 되었다.

응급상황이 터지면 임신이든 아니든, 내 몸에서 피가 나든 안 나든, 내 머리가 깨졌든 안 깨졌든 그 상황 속에 빨려 들어가게 된다. S 역시 앞뒤 잴 거 없이 CPR을 하다가 조산을 하게 되었다. 그렇게 태어난 S의 첫째 아이는 뇌성마비가 되었다. 자식의 건강과 맞바꾼 희생이었다.

집단 요양 보호시설에서 지내다 피부병이 심해져서 오게 된 환자 T. 원래 집단 요양 보호시설에서 전원이 될 때는 전염성 질환이 있는지를 확인하고 적절한 조치를 취한 후 환자를 받는다. 그런데 T의 경우는 그 절차를 거치지 않고 바로 1인실 격리실로 입원했다. T는 심한 가려움증을 호소하고 있었고 주치의는 피부과 과장이었다. 원인을 찾지 못해서 연고, 먹는 약, 주사 치료를 1주일 이상하고 있었다. 가려움증 환자를 만지는 것을 다들 꺼려해서 두 번 가서 들여다볼 것을 한 번만 보는 그런 분위기로 치료가 이루어졌다. 그래도 모두 표준주의 지침을 시행하고 있었다.

표준주의 지침이란 감염 관리를 위한 것 중의 하나다. 병원에 입원한 환자들에게는 모두 적용하는 지침이다. 모든 대상자의 혈액, 체액, 손상된 피부나 점막에 적용한다. 환자 치료와 간호를 할 때 손 씻기, 찔림 주의, 필요시 적절한 장갑이나 마스크 혹은 보안경 착용 등을 한다는 것이 표준주의 지침이다.

치료를 해도 T의 상태는 나아지지 않던 어느 날, 여느 때처럼 장갑을 낀 상태에서 환자의 혈관에 주사를 놓고 있던 나는 뭔가 따끔하게 무는 기분 나쁨을 느꼈다.

'벌레인데!'

싸한 느낌이 들어 수간호사에게 곧장 갔다.

"수선생님, T 환자에게 처치를 하는데, 뭔가에 물린 것 같아요. 느낌이 이상해요."

"선생님, 피부과 접수하고 진료받아 보세요."

상황을 피부과 과장에게 설명하였으나 T 환자는 전염되는 질환을 가진 것이 아니니 안심하라고 했다. 주치의가 그렇게 말하니 믿고 나왔다. 그런데 그다음 날 무슨 일인지 T 환자를 대학병원 피부과에서 진료를 받고 오도록 처방이 났다. 환자는 병원에서 준비해 준 앰뷸런스를 타고 갔다. 몇 시간 뒤 대학병원에서 전화가 왔다. 옴이라는 거다. 세상에!

옴은 옴이라는 피부에 기생하는 벌레에 의해 심한 가려움을 느끼는 병이다. 옴벌레는 야간에 활동을 많이 해서 환자는 밤에 잠을 못 자고 가려움증을 심하게 느끼게 된다. 당연히 전염이 된다.

T가 옴이라는 소식을 듣고 황당했다. 처음 전원 올 때부터 확인 절차를 제대로 하지 않은 것도 어이없었지만, 1주일 동안 오진을 했던 피부과 과장에게도 어이가 없었다.

옴 환자와 접촉을 했고 옴벌레에 물리기까지 한 나는 갑자기 3일 병가를 받았다. 병원에서 지급해 주는 3병의 린단 로션을 들고서 집으로 향했다. 그날부터 3일 내내 우리 가족들은 얼굴을 제외한 온몸에 린단 로션을 바르고 잤다가 아침에 샤워를 해야 했다. 그리고 가족들이 나가고 나면 나는 하루 종일 옷과 이불을 빨래해야 했다.

3일 후 출근해서 만난 피부과 과장은 오진에 대해 사과인 듯, 사과 아닌 애매한 말을 하고 얼렁뚱땅 넘어갔다. 병원에서 받은 것은 린단 로션 3통과 피부과 진료비 몇천 원이 전부였다.

전원 오는 환자의 전염병 여부를 제대로 확인하지 않은 병원의 시스템과 의사의 오진이라는 명백한 실수가 있었음에도 너무도 조용히 지나갔다. 피해를 당한 사람은 환자를 제일선에서 간호하던 나뿐이었다.

간호사들은 자의 반 타의 반으로 희생을 강요(?) 당한다. 원래 성정이 천사 반, 부처님 반을 섞어 놓은 사람도 있기는 하다. 또 그런 성품을 가지지 못한 사람일지라도 간호사 생활을 하다 보면 서서히 개조되어(?) 간다. 도덕적, 윤리적, 희생적으로 간호를 하지 않으면 돌봄이 제대로 이루어지지 않으니까.

그런데 그렇게 한 희생은 과연 누구를 위한 것일까? 간호사라는 직업을 택한 이유로 일방적으로 희생을 계속 강요당해야만 하는 것일까?

현은경 간호사님은 2022년 10월 11일에 LG 복지재단에서 수여하는 'LG 의인상'을 받았다고 한다.* 고인과 고인의 가족들에게 조금이나마 위로가 되었으면 한다.

* 출처 : 연합뉴스

응급사직,
그들은 왜 그렇게 할 수밖에 없었나?

'응급'이란 단어에서 느껴지는 급박함과 '사직'이라는 단어에서 느껴지는 서늘함이 합해진 '응급사직'은 간호 현장에서 종종 발생한다. 전날 근무를 마치고 갑자기 다음 날 안 나타나거나 아예 당일에 출근했다가 짐을 싸서 가버리거나 한다.

취업 규정에 퇴사를 하기 위해서는 한 달 전에 인사과에 알려야 한다는 것을 명시한 병원도 있다. 하지만 그런 병원들조차 응급사직을 했다고 해서 뚜렷한 불이익을 주지는 못한다. 어떤 사람은 응급사직을 하는 간호사를 무책임하다고 비난하기도 하고, 또 다른 사람들은 오죽했으면 그렇게 하냐며 옹호하기도 한다. 그 어떤 경우든 남아 있는 사람들은 갑작스러운 인력의 공백을 채우기 위해 한동안 힘겨운 시간을 보내야 한다.

간호사 D는 클럽 다니는 것을 좋아했다. 자신의 근무 시간 외에 무엇을 하든 상관없는 일이었지만, D는 근무 태도가 좋지 않았다. 3년 차였는데도 기본 간호 술기도 제대로 못 해서 동료들을 힘들게 했다. 결국 D에 대한 이야기는 수간호사 귀에까지 들어갔고, 수간호사가 D를 공개적으로 질책하는 횟수가 늘어났다.

D는 점점 자존심 상해했다. 어느 날 D는 수간호사에게 심하게 혼이 났고 그다음 날 출근을 하지 않았다. 병원에서 전화를 해도 받지 않았고 며칠을 결근했다. 수간호사는 D의 집까지 찾아갔으나 D를 못 만나고 어머니와 이야기를 하게 되었다고 한다.

그때 D의 어머니는 "내 딸이 수간호사에게서 너무 심한 대우를 받아서 더 이상 일을 할 수 없다고 하네요. 얼마나 힘들었으면 앞으로는 다시 간호사를 하지 않겠다고 했을까요?"라는 말을 들었단다. 황당해하던 수간호사는 결국 D의 응급사직을 처리했다. 나중에 D는 패션 쪽 일을 시작했다는 소식을 전해왔다.

아직도 의사들은 간호사들이 자신들의 보조라고 인식하는 경우가 많다. 그래서 자신들이 낸 처방을 제대로 이행하지 않았다는 생각이 들거나 자신들의 권위를 건드렸다고 생각되면 무자비(?)해진다.

간호사 S가 외과 의사 P와 갈등하기 시작한 것은 어느 환자의 C-line(중심정맥관) 실밥이 풀렸다고 알려주면서부터였다.

C-line은 말초의 정맥 혈관을 더 이상 사용하기 어려울 때, 쉬운 말로 하자면 혈관 주사를 놓아야 하는데 더 이상 혈관이 찾아지지 않을 때 만들게 된다. 주로 쇄골 밑, 목의 정맥, 사타구니 부위에서 혈관을 확보하는데 주로 주치의가 시술을 한다. 그리고 마지막에 관을 고정하기 위해 실로 몇 땀을 꿰매어 놓는다.

S는 C-line의 실밥이 풀려 덜렁거리는 것을 보고 P에게 알렸다. P는 수술(시술)에 대한 자신감이 뿜뿜했던 사람이었다. 그런데 C-line을 한 다음 날 실밥이 풀렸다고 했으니 자존심이 많이 상했나 보다. 라인 관리를 어떻게 한 거냐고 S에게 핀잔부터 주었단다. 그런데 그것이 끝이 아니었다.

그다음부터 P는 자신이 낸 처방을 간호사 S가 제대로 했는지 수시로 확인을 했고 조그마한 사항도 알려주지 않으면 질책을 했다. P와 S의 사이는 조금씩 틀어져 갔다.

어느 날 인계 시간에 S가 동료들에게 "도대체 언제까지 P에게 미주알고주알 알려줘야 하냐?"며 하소연을 했다. 그런데 하필이면 그때 간호사 스테이션을 지나가던 P가 그 말을 들어버렸다. 결국 둘 사이에는 고성이 오가기 시작했다. 주변 사람들이 말려도 소용이 없었다. 날 선 말이 오고 간 다음에 결국 S는 "그래, 당신은 의사라 이 병원을 안 나갈테니 내가 나가고 만다."라며 병원을 뛰쳐나갔다. 그 후로 S는 미국에 가서 간호사를 하겠다며 공부를 시작했다는 소식을 전해 왔다.

치료실 예약에 늦은 환자가 있었다. 치료실은 한 명이 늦게 되면 그 뒤 사람의 스케줄이 도미노처럼 밀려서 골치가 아파지게 된다. 예약 시간에 못 들어가게 된 환자들이 너도나도 항의를 하기 때문이다. 예민해져 있던 간호사 O는 환자에게 날카로운 목소리로 늦으면 어떻게 하냐고 화를 냈다. 화를 한 번만 내고 끝냈으면 좋으련만, O는 반복적으로 같은 말을 했고 결국 환자도 언성을 높이게 되었다. 소리소리 지르던 환자는 앞으로 O 때문에 이 병원에 안 오겠다고 했다. 수간호사까지 나서서 말려야 했다. 수간호사는 O에게 시말서를 써오라고 했다. O는 알겠다며 퇴근을 했는데 다음 날부터 잠수를 탔다. 핸드폰도 끄고 말이다. 며칠 뒤 바뀐 핸드폰으로 연락을 해 온 O는 갑자기 이사를 하게 되었다며 사직을 했다. 그녀가 진짜 이사를 했는지는 알 수 없었다.

자살을 하는 사람들이 주변에 신호를 보내듯 응급사직을 할 사람들은 행동으로 옮기기 전부터 조금씩 달라진 모습을 보이기는 한다. 병원 돌아가는 일에 관심이 급격히 준다든가, 동료들에게 차가운 모습을 보여준다든가, 무슨 일이 있어서든 달관한 태도를 보인다든가 한다. 그러다가 어느 날 퇴사를 할 만한 사건이 터지면 바로 응급사직을 행동으로 옮긴다.

응급사직을 한 사람들도 마음이 편하지만은 않을 것 같아 비난을 하지는 못 하겠다. 다만 그런 일을 대비하여 병원 측에서 예비 인력을 좀 더 확보해 두었으면 좋겠다. 그래야만 갑자기 생긴 간호사 인력의 빈 공간을 무리 없이 채워갈 수 있을 것 같으니 말이다.

우리는 별의별 것을 다 카운트한다

병원에서는 숫자 카운트를 하는 물품이 많다. 수술이나 시술을 마치고 기구를 세는 것은 기본이다. 혹시 환자의 몸속에 거즈나 기구들이 들어갔을지 모르기에 일일이 종류별로 센다. 수술이나 시술을 하는 곳이 아니어도 보통 맨 아래 연차인 막내와 수간호사를 제외한 맨 위 연차가 물품을 센다. 아래 연차가 세는 것과 위 연차 간호사가 세는 물품은 종류가 다르다. 다만 세고 나면 장부에 기록을 해야 하는 것은 같다.

아래 연차들이 세는 물품들은 다음과 같은 것들이 있는데 병원마다 병동마다 품목이 다를 수는 있다. 일반적으로 세는 것('카운트'라고 한다.)들을 소개해 보겠다.

혈압계, 체온계, 청진기, 타이머, 드레싱 세트, 수처(suture) 세트, 대중소 크기의 캔(can), 포셉 자(forcep jar), 각종 크기 트레이, 산소 포화도 기계, 환자 이송용 카, 드레싱 카, 심전도 기계, 수액걸대(폴대) 등이다.

단순히 숫자만 세는 것은 아니다. 숫자를 세면서 소독을 다시 의뢰해야 되는 물품은 없는지 확인해야 하고 기계들은 제대로 작동하는지 확인해야 한다. 덧붙여 각종 드레싱 카 위에 준비된 사용 예정인 물품들이 충분히 채워져 있는지도 확인해야 한다.

이런 물품들이 한 자리에 다 모여 있으면 그나마 세는 것이 수월할 거다. 하지만 일을 하다 보면 물품들이 이리저리 흩어져 있기 마련이다. 그러니 막내들은 근무 시작 전부터 물품들 찾아 이리저리 헤매고 다녀야 한다. 그래서 카운트가 익숙하지 않은 간호사들은 이 물품 세기와 확인을 위해서 원래 근무 시간보다 20~30분씩 일찍 출근하기도 한다.

일찍 출근하는 것도 힘든데 숫자가 맞지 않으면 더 곤란해진다. 이전 듀티의 간호사들에게 알려서 물품을 찾아 두어야 하기 때문이다. 맨 아래 연차가 "물품이 안 맞는데요?"라고 하면 가장 먼저 듣는 말은 "물품 제대로 카운트한 것 맞아?"이다. 안 그래도 주눅 들어있는 맨 아래 연차는 혹시나 자기가 실수했을까 봐 다시 물품 찾아 삼만리를 한다. 인계 시간은 다가오고 물품은 못 찾겠고 급한 마음에 할 수 없이 다시 가서 없다고 말하면 그때

서야 같이 찾아준다. 그래도 못 찾으면 일단 인계받은 후에 다시 찾는다.

못 찾으면 찾을 때까지 여기저기 뒤지고 돌아다녀야 하는 것은 이전 근무 듀티의 일이다. 있을 만한 곳에 없으면 쓰레기통을 뒤진다. 그런데 이 쓰레기통이란 것이 일반인들이 쓰는 쓰레기통도 뒤지지만, 의료용 쓰레기통도 뒤진다. 의료용 쓰레기통에는 피와 고름 등이 묻어 있는 거즈와 탄력 붕대 등이 들어있다. 주삿바늘을 제외한 주사기도 있다. 혈액팩이 버려져 있기도 하고 각종 세균이 묻어 있는 장갑과 마스크 등이 있기도 하다. 그것을 뒤진다. 없어진 물건을 찾기 위해.

쓰레기통이 혹시 그사이에 실려 나갔다면? 병원 밖으로 내보내기 전에 쫓아가서 뒤져야 한다. 병동 내의 쓰레기통을 뒤지는 것도 역겹고 위험한데, 여러 병동의 의료쓰레기가 합해져 있는 곳을 뒤지는 것은 정말 내키지 않는 일이다.

이쯤 되면 위 연차 누가 나서서 "그만 찾고 부서비로 새로 사죠."라고 하거나 담당 간호사가 "그냥 제 사비로 사 놓을게요."라고 한다. 그러나 부서비로 사자고 하면 괜히 다른 사람 돈주머니에 손대는 것 같아 눈치가 보인다. 부서비는 월급날 십시일반 돈을 내서 모은 것이기 때문이다. 부서비를 이용해 잃어버린 물건을 산다는 것은 마치 담당 간호사의 관리 실수를 전 부서원에게 공동 책임을 지우는 것 같은 인상을 준다. 이런 눈칫밥 먹기가 싫은 담당 간호사 중에는 자기 돈으로 사다 놓겠다고 하기도 한다. 자신이 감당할 수 있는 수준의 물품이 없어졌을 때 말이다. (요즘은 다행히 저렴하고 질 좋은 파키스탄 의료용 기구들이 시중에 많다.)

세탁하기 위해 모아둔 세탁물도 뒤져봐야 한다. 특히 집게 같은 경우 환자의 옷이나 소독용 포와 같이 있는 경우가 가끔 있기 때문이다. 의사가 실수로 물품을 들고 가거나 버리기도 한다. 어떤 의사는 사이가 안 좋은 간호사가 근무하면 골탕 먹이려고 일부러 들고 가버리는 경우도 있다.

예전에는 일회용 소변기, 베개, 담요도 카운트했다고 하던데 그나마 요즘은 카운트해야 하는 물품의 수가 조금이나마 줄어들었다.

맨 위 연차가 세는 것은 주로 응급 카트에 있는 것들, 산소통, 마약류 약품이다. 응급 카트에는 펜라이트를 비롯한 응급 시 사용할 기구들, 응급 약품 등이 비치되어 있다. 그것들의 수를 세면서 유효 기간도 확인해야 하고 제대로 작동하고 있는지도 살펴봐야 한다. 산소통에는 산소가 충분히 들어 있는지 확인하고 만약 부족하다면 채워질 수 있도록 조치를 취해야 한다. 이중 잠금장치에 보관되어 있는 마약이 혹시 개수가 부족하다면 어디서 사라졌는지 추적해 내야하고 없어진 것이 확실하다면 손실 경위서 같은 것을 써야 한다.

우리나라에서 근무를 하다가 외국으로 나간 간호사들 혹은 외국에서 근무를 하다가 우리나라에 들어온 간호사들은 이 무지막지한 카운트 문화를 매우 불합리하다고 생각한다.

사실 재고 파악이라는 미명하에 하고 있는 이 카운트가 불합리하기는 하다. 왜 물품 카운트를 막내가 주로 하는지, 손 빠르고 일에 익숙한 위 연차가 하면 안 되는 건지, 물품이 없어지면 왜 모아둔 부서비로 내야 하는지, 그렇게 안 되면 왜 개인이 내야 하는지, 그 물품을 찾기 위해 위험한 의료 폐기물 쓰레기를 뒤져야만 하는지, 의사들의 실수로 잃어버린 물품에 대해서 왜 간호사들이 책임을 져야 하는지, 세야 하는 품목들이 모두 그렇게 자주 세야 하는 것들인지…….

많은 것들이 불합리하다. 이런 불합리하고 비효율적인 업무에 대해 보다 많은 사람들이 개선을 위한 목소리를 내 주었으면 하는 바람이다. 그래야 간호 본연의 전문 업무에 더 집중할 수 있지 않을까?

다리에 힘이 풀려도, 걷어 차여도

병원에서는 다양한 형태의 '신체보호대'를 사용한다. 예전에는 '억제대'라는 용어를 썼는데 그 어감이 강압적이라 바뀌었다.

이 신체보호대는 그야말로 환자를 보호하기 위한 목적으로 사용한다. 고정된 주삿바늘이나 각종 관을 뺄 것 같은 경우, 휠체어에 앉혔는데 등이 펴지지 않아 고꾸라질 것 같은 경우, 침대를 벗어나 떨어질 것 같은 경우, 자신이나 다른 사람을 해칠 수 있을 것 같은 경우 등이다.

신체보호대는 형태도 다양해서 벙어리장갑 형태, 손목 발목 고정 형태, 조끼 형태 등 여러 가지가 있다. 사용 전에 의사가 환자와 보호자에게 설명을 하고 동의서를 받아야 하지만 현실에서는 간호사들이 받는 경우가 많다.

그럼 동의서가 없으면 신체보호대는 사용하면 안 되는 것일까?

환자는 극도의 흥분 상태가 되어 주사 바늘을 뽑아버렸다.

의료진에게 발길질과 주먹질을 하고 있다.

병원 창문으로 뛰어내리겠다고 협박을 하고 있다.

이런 때도 동의서가 없다고 방관하고 있어야 할까?

아니다. 동의서가 없더라도 일단 환자와 다른 사람들의 안전을 위해 신체보호대를 적용해야 한다. 그러고 나서 사태가 정리된 후에 동의서를 받아야 한다. 물론 노련한 간호사들은 문제가 될 것 같은 환자들한테서는 입원 시부터 신체보호대 동의서를 미리 받아두기도 한다.

환자 J는 병원에 입원한 것 자체가 불만이었다. 자신을 가족들이 버렸다고 생각했다. 그래서 의료진에게도 불평을 많이 했고 비협조적이었다. 어느 날 주사를 맞아야 하는데, 자기에게 어떤 처방이 났는지, 왜 주사를 맞아야 하는지 제대로 알려 주지 않는다며 화를 내기 시작했다. 주사를 놓으러 갔던 신규 간호사에게 고성의 욕설을 하고 난리를 쳤다. 급기야 주사약과 바늘, 소독솜 등이 들어 있는 스테인리스 트레이를 걷어찼는지 와장창 소리가 났다. 나를 포함 몇 명이 달려갔을 때 환자는 신규 간호사에게 발길질과 주먹질을 하려고 손과 발을 버둥거리고 있었다.

잔뜩 움츠려있는 신규 간호사를 젖히고 우리 모두는 환자의 팔다리를 하나씩 잡고 억제를 시도했다. 그런데 대부분의 흥분한 환자가 그러하듯 엄청나게 힘이 세진 환자를 제어하는 것이 쉽지 않았다.

여러 명이 노력을 했음에도 불구하고 환자의 팔과 다리는 그의 고함 소리와 더 격렬하게 움직였다. 나도 환자의 팔 한쪽을 잡고 억제를 하려고 허공의 팔을 붙잡고 있는데 환자의 눈과 딱! 마주쳤다. 누구의 눈을 보면서 등골이 서늘해지기는 오랜만이었다. 핏기에 열기까지 오른 두 눈이 하필이면 나를 노려보았다. 그 눈빛이 너무 살벌해서 하마터면 다리에 힘이 풀릴 뻔했다. 주저앉을 것 같은 내 몸에 힘을 더 주었다.

여러 명이 달라붙어서 진땀을 빼고 있을 때 몇몇 지원군이 더 도착했다. 그들 중 한 명의 손에는 신체보호대가 들려 있었다. 우리는 그 신체보호대를 잽싸게 나누어 받은 후 환자를 침대에 묶기 시작했다. 그리고 병실 밖에 있던 또 다른 지원군은 주치의에게 황급히 전화를 걸어 진정제 처방을 받았다.

하지만 처방받으면 뭐 하나? 환자가 온몸으로 저항을 하고 있으니 주삿바늘 찌를 위치를 확보하는 것도 힘들었다. 잠시 다시 격한 레슬링의 시간이 지난 후 신체보호대로 묶인 데다가 주사를 맞은 환자의 몸에서 힘이 조금씩 빠져나가는 것이 보였다.

우리들의 머리는 산발이 되었고 옷매무새도 흐트러진 우스꽝스러운 모습이었다. 그런 모습을 하고 각자 하던 자리로 돌아갔다. 아직 할 일이 남아 있고 근무 시간이 안 끝났기 때문이다. 다들 툭툭 털고 다시 일을 시작했다. 마치 아무일도 없었던 것처럼.

수면 내시경을 위해서는 진정제인 미다졸람이나 프로프폴 등을 맞는다. 이 약들은 작용 시간이 빠른 반면 지속 효과가 길지 않다. 위와 대장 내시경을 다 하는데 보통 15분 정도 걸리는데, 두 가지 약의 약효가 떨어지는 시간도 비슷하다.

이 약들은 수면을 유도하며 기억 상실과 무의식 상태 등을 만든다. 부작용으로 호흡 억제, 기도 폐쇄, 혈압 저하, 심장의 수축력과 심박수도 저하된다. 그래서 수면 내시경을 할 때 심장박동수와 산소포화도를 재는 기기를 부착하고 시작한다. 주요 활력증상이 떨어지는 응급 상황에 대비하기 위해서이다. 과용량을 사용하면 부작용이 올 확률이 높다. 그래서 체중이 적게 나가는 환자들이나 노인, 중환자인 경우 투여량을 감소시켜야 한다.

진정제를 맞아도 위나 대장으로 관이 들어가기 시작하면 환자들은 고통으로 몸부림치게 된다. 그러면 검사와 치료를 제대로 할 수 없기 때문에 내시경을 잡고 있는 의사를 제외한 다른 사람들은 환자 억제를 해야 한다. 이런 일들은 매우 자주 발생한다.

오락 프로그램 등에서 연예인들이 내시경을 받으며 헛소리(?)를 하는 것을 종종 보여준다. 그 영향 때문에 환자들은 깨어나서 자신이 무슨 말을 했는지, 실수를 하지는 않았는지는 궁금해한다. 반면 자신이 얼마나 몸부림을 쳤는지를 궁금해하는 사람은 별로 없는 듯하다.

어느 날 덩치가 좋은 남자 환자를 억제해야 할 일이 생겼다. 덩치뿐만 아니라 힘도 좋아서 억제를 위해 여러 명이 합심해야 했다. 검사실 안에 있는 사람들만으로 안 되어서 데스크에 있던 사람들까지 달려와서 도왔다.

환자의 두 다리를 꼭 잡고 버티고 있던 내가 기력을 거의 썼을 무렵, 그의 힘찬 발길질 한 번에 부우웅~하고 공중부양을 했다가 바닥으로 떨어졌다. 엉덩이와 허리의 통증을 참고 벌떡 일어나 다시 다리를 잡아야만 했다. 이후 몇 분간의 힘겨루기가 끝난 후 검사는 끝났다. '이건 사람이 할 일이 아니야.'라는 생각과 함께 고개가 저절로 가로저어졌다.

다음 날 아침에 자고 일어나니 온몸이 뻐근했다. 누군가에게 두들겨 맞은 듯했다. 잠이 채 깨지 않은 상태에서 어제의 힘겨루기가 생각났다.

'맞아, 어제 발길질에 공중 부양했었지. 내 몸무게가 아직은 가벼운 편에 속하는 모양이네.'

몸은 아팠지만 기쁜(?) 마음으로 위로를 하고 다시 일을 하러 나갈 준비를 했다. 그날따라 매우 듬직해 보이는 뒤태 위에 어제의 환자 모습이 오버랩되었다. 갑자기 살짝 부아가 났다.

“제발 살 좀 빼세요. 나중에 그 상태로 어디 가서 누워 있으면 돌보는 사람들이 힘들어한다니까요. 알았어요?”

영문도 모른 채 아침부터 잔소리를 들은 남편의 황당해하는 표정을 뒤로 하고 출근을 했다.

강약약강(强弱弱强)

대부분의 사람들은 강자에게 약하고 약자에게 강할 것이다. 일부 정의감에 불타는 사람들을 제외하고는 말이다. 일전에 TV에 어느 개그맨이 나와 자신은 불의를 보면 참는다고 해서 모두 깔깔대고 웃었다. 하지만 사실 많은 사람들이 불의를 보고도 두 눈을 감지 않을까 싶다. 강한 사람이 약한 사람을 괴롭혀도 선뜻 나서지 못 하고, 강한 사람이 나타나면 머리를 조아리는 모습은 병원에서도 흔히 볼 수 있다.

“주치의를 만나고 싶어요. 아버지 상태에 대해 궁금한 것이 있어서요.”

뇌졸중으로 입원해서 재활 치료를 받고 있는 환자 E의 보호자가 주치의 면담을 신청했다. 평소에는 병문안을 거의 오지 않다가 명절이 되었다고 온 것이었다. 명절에는 주치의도 늦게 출근한다. 면담 때문에 명절 댓바람부터 주치의에게 연락을 하자니 미안했다.

"의사 선생님도 오늘은 명절이라 늦게 출근하세요. 차례는 지내고 오셔야죠. 문자는 넣어 두었으니 좀 기다려 주세요."

보호자는 순순히 알았다고 아버지 곁으로 돌아갔다. 하지만 시간이 꽤 흘렀는데도 주치의는 나타나지 않았다. 보호자는 인내심이 바닥이 났는지 점점 조르기 시작했다.

"연락한 것은 맞아요? 아직도 왜 안 오죠? 주치의 만나고서 다른 곳에 가 봐야 하는데 다시 좀 연락해 주세요."

여러 번 나와 조르는 보호자의 등쌀에 할 수 없이 주치의에게 전화를 걸었다.

"선생님, 보호자 분이 기다리신 지 오래되어서요, 혹시 언제쯤 도착하실까요?"

"가고 있다고 하세요."

뚝! 주치의는 언제 온다는 말도 없이 한마디를 하고 전화를 끊었다.

"선생님이 오고 있다네요. 조그만 기다려 주세요."

'내가 뭐라고 했다고 전화를 이렇게 불쾌하게 끊나?' 하는 생각이 채 끝나기도 전에 고함 소리가 들렸다.

"아니, 병원에 환자가 이렇게 많은데 의사가 휴일이라고 늦게 오는 게 말이나 되는 거예요? 그리고 내가 여기 온 지가 언제인데 간호사가 중간에서 똑똑히 일 처리를 했으면 의사가 벌써 와 있을 것 아니야? 당신들 시간만 중요해? 내 시간은 안 중요해? 이것만 봐도 알겠어. 우리 아버지 치료도 제때제때 안 해주고 있죠?"

갑자기 머리가 띵해지도록 보호자는 소리를 질렀다. 반말 존댓말 섞어가면서 마치 그동안 쌓여왔던 불만을 다 쏟아내는 듯했다.

"아니, 보호자분. 의사 선생님도 가정이 있는데 명절에 좀 늦게 나오실 수도 있죠. 그리고 저는 계속 의사 선생님께 연락을 드렸어요. 명절 아침부터 계속 전화하면 의사 선생님도 기분이 나쁘실 거 아니예요? 그리고 환자분 치료는……."

설명을 하는데도 보호자의 목소리는 커져 갔다. 보호자의 고함 소리에 정신이 혼미해져 갈 무렵, 복도 끝에서 주치의의 모습이 보였다.

"보호자분, 의사 선생님이 저기……."

말이 채 끝나기 전에 무슨 마법에 걸린 듯 보호자의 고함 소리가 뚝 끊어졌다.

"선생님, 이분이 환자 E의 보호자분이세요."라고 말하는 나를 주치의는 무표정하게 쓰윽 한 번 쳐다봤다.

"제가 주치의입니다만."

"아…… 네, 선생님. 다름이 아니라……."

아니 방금 전까지 소리소리 지르던 사람은 어디 갔지? 순해도 너무 순한 양이 되어 두 눈 반짝이며 의사를 바라보고 있네.

속이 뒤틀렸다. 왜 사람들은 자기보다 약하고 어려 보인다고 생각하면 막 대하는 것일까? 내게 한 것처럼 의사에게도 똑같이 했더라면 속상하지 않을 텐데.

하지만 그 속상함을 오래 품고 있을 수는 없었다. 보호자와 실랑이를 하느라 밀려버린 일을 해야 했기 때문이었다. 감정을 누르고 다시 일을 하기 시작했다. '내가 힘이 없으니 이렇게 당하는구나.' 하는 생각을 하면서…….

유휴간호사로서의 공백기를 어느 정도 극복하자 관리자가 되었다. 그러던 어느 날 통증의학과 의사 W의 전화를 받았다.

"A 치료사가 휴가라는 거 왜 안 알려줬어? 치료사가 없어서 내 환자가 치료를 못 받잖아! 너희들 내가 몇만 원짜리 치료받게 하려고 얼마나 공을 들이는지 알아? 몇만 원이 장난이야?"

전화기 너머로 날카로운 목소리가 들려왔다. 한 달 전부터 치료사 A가 예비군 훈련 때문에 그날 휴가라는 것을 전산에 등록해 두었건만, 그런 것은 안중에도 없었다. 다만 자기 부서의 어느 누구도 알지 못했다며 화를 냈다.

의사 W는 환자가 불편함을 호소하면 환자 말만 믿고 직원들을 닦달하는 사람이었다. 치료실 스케줄이 안 되어서 환자를 받지 못하면 무조건 받으라고 윽박을 질렀다. W에게 시달리다가 그만두는 사람이 많았다. 간호사, 치료사, 간호조무사들이 고개를 절레절레 흔들며 그만두었다.

나에게도 몇 번 고함을 질렀었다. 그때마다 "알겠습니다. 다음에 시정하겠습니다."라고 해야만 폭언을 멈추곤 했다. W에게서 심하게 폭언을 들은 어느 날은 수축기 혈압이 갑자기 200mmHg까지 올라가고 두통이 너무 심해서 조퇴를 하기도 했다.

"A 치료사가 오늘 휴가인 것은 한 달 전부터 전산에 등록해 두었는데요. 메모로도 그 방 조무사에게 전달했었고요."

"메모를 전했다고? 그런데 이 방 사람들은 왜 몰라? 그리고 메모라는 것이 들고 가다가 땅에 떨어질 수도 있는 건데 전화까지 해 주었어야지. 지금 관리자로서 일을 다 안 해 놓고 말대꾸하는 거야?"

W는 이번에도 나의 사과를 받아내겠다는 듯이 소리를 질렀다.

"말대꾸가 아니고요, 저희가 최선을 다해서 한 일에 대해 말씀드리는 거예요."

더 이상 "죄송합니다. 알겠습니다. 시정하겠습니다."라는 말을 하고 싶지 않았다. 자초지종을 듣지도 않고 드잡이를 하는 W를 더 이상 참을 수가 없었다. 이번에도 당하면 혈압이 올라 머리 혈관이 터질 것만 같았다.

"그리고 선생님, 지금이 어느 시대인데 종이쪽지로 전달하고 전화하고 그래야 하나요? 병원 환경이 OCS*와 EMR**로 바뀐 지가 언제인데요? 전산 확인해 보시면 A 치료사 휴가인 것은 한 달 전부터 기록이 남겨져 있어요. 날짜를 보세요. 한 달 내내 스케줄표를 정확히 확인 안 한 것은 선생님 방 인원들이 잘못한 거 아닌가요?"

나도 지지 않고 계속 말을 했다. 솔직히 화가 많이 났고 더 이상 밀리면 안 되겠다는 생각이 들었다.

"그럼 여기 인원이 잘못했다는 거야?" 그제야 W의 목소리는 잦아들었다.

"네." 나는 단호하게 말을 했다.

"알았어."

뚝! W는 자존심이 상했는지 전화를 무지막지하게 끊어버렸다.

'내가 강하게 나오니 상대가 깨갱하는구나. 역시 강자에게는 약한가 보다. 이젠 나도 세게 나가야겠어.'

그날 이후로 나는 부당하다고 생각되면 맞붙어서 싸우는 쌈닭이 되었다. 괴팍한 의사 W와 싸워서 이겼다(?)고 소문이 났는지 이 부서 저 부서에서 시비 걸던 것도 줄어든 듯도 했다. 뭐 내 뇌피셜이지만.

강자와 약자는 언제든지 상황에 따라 바뀔 수 있다. 또 약자가

* OCS : 전자처방전달시스템(Order Communication System)
** EMR : 전자의료기록(Electronic Medical Record)

언제까지나 참고 지내지만은 않을 것이다. 만약 자신이 약자라고 생각된다면 강자에게 본때를 보여줄 수 있는 힘과 스킬을 기르는 것이 필요할 듯하다. 병원이라는 험한 정글에서는 특히.

태움, 어디까지 당해 봤어?

'태움'이라는 용어는 일반인들은 잘 모르는 말이다. 간호사 세계의 태움은 상대 간호사를 '까맣게 재가 될 때까지 혼을 낸다.'는 좋지 않은 의미다. 사소한 실수를 과하게 질책하거나 다른 이들 앞에서 폭언과 욕설을 하며 모욕을 주고 폭행을 가하는 등의 모든 행위가 태움에 해당한다. 성인이니까 거기다 전문 교육을 받은 사람들이니까 좋게 말해도 다 알아듣는데, 인신 공격을 하고 자존심을 긁고 투명 인간 취급을 한다. 당하는 사람은 영혼이 탈탈 털리게 되어 깊은 자괴감에 빠지고 대인기피증, 공황장애 등을 얻게 되며 심한 경우에는 자살 충동에 시달리다 실제로 자살하기도 한다.

일반 사람들은 '천사스러운 간호사들이 왜 저러나? 정말 저런 일이 벌어지고 있는 걸까?' 하며 의구심을 품을 것이다.

하지만 간호 현장의 태움은 팩트다.

보통은 위 연차가 아래 연차를 태우지만 요즘은 위아래도 없다. 또 여자끼리만 태우는 것도 아니다. 여자 간호사, 남자 간호사를 가리지 않는다.

그러면 왜 그럴까? 성질이 더럽고 기가 센 사람들이 많은 걸까? 아픈 사람들 돌보다가 간호사들 정신이 아파진 걸까?

촌각을 다투며 환자를 돌봐야 하는 의료 현장에서 한 번의 실수가 환자의 생명에 큰 영향을 미칠 수 있기 때문에 다들 긴장하고 있는 것은 사실이다. 다들 어느 정도는 예민 보스가 되어 있음을 이해할 수는 있다. 하지만 다른 사람을 태운 사람들에게 물어보고 싶다.

"꼭 그래야만 했냐?"

병동에 따라 아침 시간에 간호사들이 모여 티타임을 하는 경우가 있다. 이 티타임을 준비하는 것은 대개 막내의 일이다.

내가 막내인 시절은 믹스 커피가 나오기 전이라 크림, 설탕을 넣어 달달한 다방 커피를 만들었다. 빵도 잘라 놓고 과일도 깎아 놓았다. 어느 날은 크림과 설탕 비율이 안 맞는다며 맛이 없다고 태움을 당했다. 내 눈앞에서 싱크대에 커피가 버려지기도 했다. 빵을 한입 크기로 안 잘라 두었다고, 사과는 껍질을 너무 두껍게 깎아냈다고, 과일에서 핸드크림 냄새가 난다고 여러 사람 앞에서 망신을 당했다. 당한 나는 민망한 웃음을 지으며 "다음에는 잘 준비할게요."라고 기어들어가는 목소리로 말하는 것이 전부였다.

자기 듀티 때 일어난 일에 대해 알려주고, 다음 듀티 때 챙겨야 할 일을 전달하는 인계 시간. 이 인계 때는 공식적인 태움이 이루어진다. 마음에 안 드는 간호사가 인계를 시작하면 삐딱하게 앉거나 건들거리면서 반응을 하여 기선을 제압하는 건 기본이다. 그 와중에도 귀는 열어놓고 있으면서 어떻게든 실수를 잡아내서 꼬투리를 잡는다. 그렇게 발견된 실수는 '숙제'라는 이름이 된다.

유난히 일이 느려서 태움의 대상이 되었던 간호사 K는 늘 숙제를 하느라 퇴근이 늦었다. 오전 7시 30분에 퇴근해야 하는 사람이 오전 10~11시까지, 오후 3시 30분에 퇴근해야 하는 사람이 오후 5~6시까지 숙제를 하느라 남아 있었다. 처음에는 같이 퇴근을 하려고 기다리던 동료들도 나중에는 그냥 K를 두고 가버렸다. 간호사들의 숙제는 집에 가져가서 하는 게 아니니까.

인계할 때 발음은 또렷해야 하고, 말하는 속도는 느린 것보다는 약간 빠른 것이 낫다. 혓바닥 모터를 살짝 가동시켜야 한다. 한꺼번에 적게는 10명에서 많게는 30~40명에 대한 이야기를 전달해 주어야 하기 때문이다.

간호사 L은 경상도 사투리를 강하게 썼다. 불쑥불쑥 알아듣지 못하는 사투리를 섞어 말하는 데다가 말이 느렸다. L은 자주 공격을 대상이 되었다. 버벅거리지 말라고, 말도 제대로 못 하냐고, 그래서 환자들 응대는 제대로 하고 있는 거냐고. 공격을 받으니 L의 버벅거림은 갈수록 심해졌다. 인계가 끝나고 유니폼을 갈아입으면서 L은 혼잣말을 자주 했다. “씨발, 드러버라. 지네들은 아나운서가? 왜 만날 내 말하는 거 가지고 씨부리쌌노?”

간호사 O는 육아 때문에 잠시 쉬었다가 다시 복귀를 한 경력 단절 간호사였다. 서울 소재 대학 병원에 오랫동안 근무했었고 나이도 지긋했다. 그녀의 단점은 라운딩을 자주 하지 않는다는 것과 많이 먹는다는 거였다.

라운딩이란 담당 병실을 주기적으로 돌아다니며 환자의 상태를 체크하는 것을 말한다. 병원마다 조금씩 다르지만 2시간마다 한 번씩 라운딩하는 것이 권장된다.

O는 라운딩을 자주 안 하고 아래 연차를 부리기만 해서 그녀에 대해 불만을 품는 간호사들이 하나둘 생겨났다. 그녀가 없을 때 다른 간호사들은 O를 ‘돼지처럼 처먹는 년’으로 불렀다. 나도 나이가 많았기 때문에 어린 사람들이 O를 그렇게 부르는 것이 남의 일 같지 않았다.

어느 날 용감한(?) 아래 연차 간호사와 O 사이에 싸움이 났다. 환자 한 분이 돌아가신 것이 늦게 발견된 거다. O는 왜 빨리 발견을 해서 보고를 못 했냐고 아래 연차 간호사를 닦달했다. 어린 간호사는 온갖 일은 다 시켜 놓으니 그분에게 가서 볼 시간이 어디 있었겠냐고, 당신이 라운딩만 제대로 했으면 제때 발견하지 않았겠냐고 대들었다. 언성이 점점 높아지더니 어린 간호사 입에서 "돼지 같은 년이 처먹기나 하고!"라는 말이 나왔다. O의 표정은 상상에 맡기겠다.

신규 남자 간호사 S는 비주얼이 참 좋았다. 키도 컸고 헬스로 다져진 몸에다 얼굴도 잘생긴 편이었다. 20~30대 미혼 여성이 많은 우리 병동에 처음 그가 왔을 때는 다들 환하게 웃어 주었다. 많은 사람들이 하나라도 더 가르쳐 주려고 했고 말도 더 걸어보려고 했다.

어느 날 그가 목에 키스마크를 만들고 나타났다. 클럽에서 만난 여자 친구가 그랬다고 했다. 그날 이후 그는 태움로드에 올라탔다. 병실에 들어가서 오랫동안 안 나오면 환자들과 노닥거린다고 탔다. 조무사들과 대화를 나누면 실력이 없어서 간호사들 무리에 못 끼는 거라고 탔다. 환자에게 줄 수액 믹스를 빨리빨리 못 만든다고 탔다. 시킨 일을 자꾸 빼먹는다고 춤이나 추러 다니니 정신이 글러 먹었다고 탔다. 타다 타다 하얗게 재가 된 S는 사직서를 냈다.

그는 사직하던 날 단톡방에 장문의 글을 남겼다. 힘들었다고. 그리고 그 와중에 고마운 사람이 두 명 있다고. 그중 한 명이 나였다. 나는 기쁘기보다는 무서웠다. 내가 다음 태움의 대상이 될 수 있었기 때문이었다.

그의 사직 때문에 간호부장이 나를 불렀다. S가 태움을 당했냐고 물었다.

"아니요. 그런 일은 없었어요."

그가 당하는 것을 보고 들었던 나는 비겁하게 거짓말을 했다. 내가 그의 편이었던 것을 동료들이 알면 나를 태울까 봐, 내 영혼을 너덜너덜하게 만들까 봐.

그날 그에게 톡으로 배스킨라빈스 아이스크림 쿠폰을 보냈다. '여자 친구와 먹어요. 기운 내고.'라고 메시지를 적어서. '고맙습니다. 정말 선생님밖에 없어요.'라며 그는 답을 했다. 그가 보낸 하트 이모티콘에 가슴이 아렸다.

잊을만하면 간호사의 태움과 관련된 뉴스가 나온다. 태우는 방식도 이전과 별반 다르지 않다. 왜 이런 식의 집단 내 괴롭힘이 오랜 시간 계속 되고 있는지 의문이다. 간호계 내에서도 태움 근절을 위한 노력을 하고 있지만, 근본적으로는 개개인의 인식이 바뀌어야 한다. 우리는 모두 누군가의 소중한 자식들이고 부모 형제들이다. 이상한 이유를 갖다 대며 괴롭힐 존재가 아니다. 또한 시스템적인 면에서는 간호사 업무 환경을 개선해야 한다. 노동 강도에 비해 낮은 페이, 간호 업무 외의 온갖 잡일 수행 등을 해결해 주어야 한다. 그래야 태움 문화가 점점 사라질 것이다.

경력 단절이라고?
No! 업종 전환이지!

누구나 인생에서 반짝거리던 시기가 있기 마련이다. 내게 그 시절은 프리랜서로 교육 프로그램을 개발하던 때였다.

병원을 그만두고 일반 회사에서 일을 하고 있었는데, 연년생 남매가 초등학교 1학년과 2학년이 되자 나는 더 이상 직장에서 버티지 못했다. 그나마 다행이었던 것은 직장을 다니지 않아도 일을 할 수 있는 프리랜서가 될 수 있었던 것이다. 귀여운 아이 둘이 커가는 모습을 보면서 내가 좋아하는 일을 마음껏 할 수 있던 그때가 내 인생이 가장 반짝거리던 때였다.

그 시절은 아이들이 중학생이 되고 나서 끝이 났다. 2013년, 안정적으로 들어오는 월급이 필요한 일이 생겼다.

'무슨 일을 해야 할까? 이미 내 또래들은 부장, 이사를 달고 있는데 그들 밑으로 가서 일을 할 수 있을까?'

고민을 하던 어느 날 신문에서 경력 단절 간호사를 교육시켜 재취업을 시켜주는 '유휴간호사 프로그램'이 있는 것을 알게 되었다.

'다시 잘 할 수 있을까? 후배들한테 무시당하게 되지 않을까? 내가 쉬는 사이 많은 것이 바뀌고 달라졌을 텐데 적응할 수 있을까?'

많은 고민 속에서 유휴간호사 교육을 받기 시작했다. 요즘은 온오프라인 병행으로 교육을 하는데, 2013년 당시에는 1달간의 오프라인 교육을 받았다. 교육 사업 초창기여서 그런지 과정을 다 마치면 10만 원을 주기까지 했다. 나는 1달의 교육을 받고 현장에 투입되었는데 요즘은 1주일, 3일 교육도 있는 듯하다. 특히 이번 코로나 사태 때는 간호사가 워낙 부족하다 보니 장롱 안에 있는 면허증도 살려 내라고 더 적극적으로 교육 프로그램을 운영하는 듯하다.

자녀들은 다 커서 품을 떠났는데 퇴직한 남편과 하루 종일 같이 있기 힘들어서 왔다는 50~60대, 결혼과 육아로 그만두었다가 다시 시작하려 한다는 30~40대, 짧은 임상 경험 후 다시 시작하려 한다는 20대.

여러 연령층이 모여 열심히 이론 공부와 현장 실습을 했다. 오랜만에 학창 시절로 돌아간 듯 도시락을 나눠 먹고 서로를 격려

했다. 대부분의 교수들은 다시 병원으로 돌아가려 하는 우리들을 살살(?) 다루어 주었다.

E대학 출신 교수 K는 달랐다. 감염 관리를 철저히 한다며 실습을 하는 동안 조금이라도 실수를 하면 불호령을 내렸다. 호통을 치니 원래 잘하던 사람들도 덜덜 떨고, 못 하던 사람들은 울기 일보 직전이 되었다. 교육생들이 십시일반 돈을 모아 먹을 것을 사다 드리기도 했다. 좀 봐달라는 의미였지만, 먹기만 하고 소용이 없었다. 그때는 K 교수님이 제일 힘들었는데, 나중에 취직을 하고 보니 그 정도는 아무것도 아니었다. 교수님이 나가서 험한 일 겪게 될 것을 알고 미리 훈련시켜 준 것이었다.

교육을 마친 후 집에서 가까운 종합병원에 지원을 했다. 40대 중반의 간호사는 요양병원으로 가는 것이 일반적이었지만, 한 살이라도 젊을 때 제대로 배우고 싶어서 종합병원으로 갔다. 기계나 기구는 더 발전되어 있었다. 종이 차트와 들고 다니던 X-ray 필름은 사라졌고 그 자리에 전산 시스템이 들어와 있었다. 다행히 오랫동안 사무직에서 일했기에 컴퓨터로 하는 일이 어렵지 않았다. 그 외에 병원은 사실 크게 변한 것이 없었다.

대부분의 간호사들이 20~30대였고, 나보다 어린 수간호사도 많았다. 병동에서 내 또래는 거의 간호조무사들이라 의사, 환자, 보호자들이 나를 간호조무사로 착각하기도 했다. 1980년 후반에 간호사를 선생님이라고 부르기로 정했는데 여전히 "언니!",

"간호원!", "간호부!"라고 하는 사람들이 있었다. 간호사들 앞에서는 고래고래 고함을 지르며 불만을 토로하다가 의사만 나타나면 태도를 바꾸는 사람들도 여전했다. 태움과 갈굼도 여전히 남아있었다. 별로 달라진 것이 없는 환경이 아이러니하게도 적응을 도왔다.

자존심 상하는 일도 많았다. 어린 후배를 상사로 두다 보니 하고 싶은 말을 삼켜야 했다. 몸과 머리가 둔해진 나이에 다시 일을 시작하다 보니 뭘 가르쳐줘도 자꾸 잊어버려서 "선생님, 이거 지난번에 가르쳐 드렸잖아요?"라는 핀잔을 여러 번 들었다. 내 또래 간호사가 거의 없어서 힘들 때 의지할 동기가 아쉬웠다. 조금이라도 실수를 하면 나잇값도 못 한다고 할까 봐 긴장을 계속할 수밖에 없었다. 무엇보다 체력이 부족해서 일하고 집에 오면 바로 침대로 가서 쓰러지는 날이 많았다.

노력도 많이 했다. 용모와 복장을 단정하게 하려 했고 끊임없이 공부를 했다. 융통성을 발휘한답시고 대충 일하는 것을 경계했다. 정신없이 수다 떠는 아줌마의 모습으로 비춰질까 말도 아꼈다. 육아, 살림 혹은 다른 곳에서 사회생활을 했던 경험을 간호일과 잘 융화시켜 보려고 했다. 어린 간호사들이 어려움에 처하면 나서서 도와주고 위로해 주려 했다. 그러다 보니 좋은 후배, 동료, 선배들이 생겼다. 늦은 나이에 다시 시작했으나 운 좋게 보직도 받았다.

그렇게 다시 시작한 지 10년이 다 되어 간다. 경력이 단절된 그 시간 동안 경험했던 일들이 간호사 업무를 하는데 마이너스가 된다고 생각하지는 않는다. 아이를 키우고 여러 분야의 사람들을 만나며 마음 그릇을 키울 수 있었다. 더군다나 요즘과 같은 융복합 시대에는 다양한 경험치들이 자신의 전문 분야 업무를 수행하는 데 오히려 도움이 된다.

그러니 이제는 경력 단절이라고 부르지 않는 것이 나을 듯하다. 경력 단절이 아니라 업종 전환이니까. 요즘도 가끔 유휴간호사 교육 모집 문자가 들어온다. 그 문자를 보면 가끔 생각에 잠긴다. 간호계를 이런저런 이유로 떠났던 사람들이 현장으로 돌아왔으면 좋겠다고. 그래서 풍부한 삶의 경험을 임상에 다시 적용해서 현장을 발전시키는 데 도움을 주었으면 좋겠다고.

출처 : 대한간호협회 유휴간호사 재취업교육 안내 문자

전장(戰場)에서도 꽃은 피고

간호전사로서의 삶이 늘 포탄만 주고받는 시간은 아니기는 하다. 때로는 가슴 뭉클하게 해주고 때로는 환한 미소를 짓게 하는 일들도 생긴다.

친철한 간호사, 설명 잘하는 간호사, 주사 잘 놓는 간호사. 셋 중에 누가 가장 좋으냐고 환자들에게 물어보면?

십중팔구는 주사 잘 놓는 간호사라고 답을 한다. 환자들은 간호사들이 아프지 않게 한 번에 주사를 성공하길 바라지만, 100% 성공률을 가진 간호사는 거의 없다. 간호사들이 주사, 특히 혈관 주사를 실패하는 경우는 몇 가지가 있다.

첫째, 숙련되지 않은 신규인 경우다.

요즘에는 환자들을 대상으로 실습을 할 수 없기에 학생 간호사 시절에 혈관 주사 놓기를 마스터하고 졸업하는 경우는 거의 없다. 그러니 이제 갓 대학을 졸업해서 현장에 배치된 신입 간호사들은 주사 놓는 것이 고역이다. 신입임을 알아보는 눈치 빠른 환자들은 신입 간호사들이 시도하기도 전에 거부를 한다. 설령 주사를 놓아도 된다고 허락을 받았다 하더라도 2번 이상 실패를 하게 되면(fail이라고 한다.) 그냥 사과하고 물러나는 것이 낫다. 교과서적으로는 1번 fail하면 다른 간호사에게 맡기라고 한다. 하지만 신입이 그렇게 했다가는 "너, 노력은 해 보기나 한 거니?"라며 핀잔을 듣게 된다. 한 번에 놓아야 한다는 부담감과 다른 사람에게 부탁하기 힘들다는 고충을 가진 신입 간호사. 이런 상태이기 때문에 fail 확률도 더 높아진다.

둘째, 숙련된 간호사가 실패하는 경우이다.

VIP 환자에게 놓아야 한다든가, 아는 사람에게 놓아야 한다든가, "실패 없이 한 번에 놓아주세요."라는 말을 들었다든가, 주사 놓을 자리를 지정한 사람에게 놓아야 한다든가, 잘 놓는지 누가 쳐다본다든가 하면 이상하게 실패를 한다. 특히 어린 아이들에게 혈관 주사를 놓는 것은 난도가 더 높다. 아이들이 협조를 잘 못하기도 하지만, 자기 자식 몸에 바늘이 들어가는 모습을 보며 안절부절못하는 부모들이 있기 때문이다. 아이 신경 쓰랴 부모 신경 쓰랴 산만해지면 fail을 더 많이 한다.

셋째, 간호사 본인 컨디션이 안 좋거나 손이 떨리는 수전증이 있는 경우이다.

혈관 주사 놓기는 간호사들이 하는 복잡한 업무 중에서 기초 업무에 해당하지만 순간 집중력과 예민함을 요하는 일이라 힘이 많이 드는 편이다. 각도가 조금만 틀어져도 실패를 하고, 누가 큰소리를 내도 실패를 한다. 수전증이 있는 간호사는? 그냥 병원 일을 그만두거나 혈관 주사를 놓지 않는 부서로 가는 것이 낫다.

넷째, 환자의 혈관이 너무 좋지 않거나 반대로 너무 좋은 경우이다.

나이가 들면 혈관도 탄력성을 잃어 가늘어지고 구불구불해진다. 혈관 주사는 바늘이 들어갈 수 있는 일정한 길이와 굵기가 보장되어야 하는데, 그것이 안 되면 자꾸 fail하게 된다. 그렇다면 혈관이 너무 좋은 경우는 왜일까? 혈관이 너무 탄력성이 좋으면 가느다란 바늘의 경우 들어가다가 튕겨져 나올 수가 있다. 운동 많이 한 젊은 남자들의 혈관에서 의외로 fail을 하는 경우가 있는데 이 때문이다. 이것은 신입 시절을 지난 후 알게 된 사실이다.

환자들에게 주사를 놓으려고 하면 식은땀이 나고 손이 덜덜 떨리던 신입 시절. 한 젊은 남자 환자에게 혈관 주사를 놓는데 거듭 실패를 했다. 이 환자가 바로 운동을 많이 해서 너무 탄력성이 좋은 혈관을 가진 사람이었다. 환자는 화가 난 표정을 지었다. 얼굴에 열이 오른 채 당황하며 죄송하다고 머리를 조아리고 있는데, 그 옆 침대의 중년 남자분이 나를 불렀다.

"처음에는 다 그렇지 뭐. 안 그래요? 나는 괜찮으니 나에게 될 때까지 한 번 시도해 봐요." 하며 팔을 내밀었다. 눈물이 핑 돌고 가슴이 뭉클했다. 대개는 이런 경우 더 잘 놓는 위 연차를 불러오라며 면박을 주는데.

"감사합니다. 죄송합니다."

인사를 하고는 혈관 주사를 놓기 시작했다. 마음이 편해서였을까? 젊은 환자에 비해 혈관이 더 안 좋았는데도, 한 번에 성공했다.

"거 봐, 잘하네." 중년의 환자는 칭찬을 해 주었다. 옆의 젊은 남자 환자는 약간 머쓱해했다.

"에이~ 간호사님이 나를 미워한 거네. 하하하." 그렇게 웃고 마무리되었다.

치료를 받기 위해 온 Y는 큰 키에 하얀 피부 그리고 금발로 염색을 한 아름다운 사람이었다. 그녀는 대상포진 환자였다.

대상포진은 어렸을 때 앓았던 수두 바이러스가 몸 안에 남아 있다가 본인의 면역력이 떨어지면 발병을 한다. 신경을 따라 바이러스가 움직이기 때문에 몸 밖에는 띠 모양의 수포가 나타나기도 한다. 그래서 '대상(帶狀, 띠처럼 좁고 길게 생긴 모양) 포진'이라고 부른다. 발병 후 72시간 안에 병원을 방문해서 항바이러스제를 먹거나 주사를 맞는 등 초기 치료를 잘하면 후유증이 남지 않는다. 하지만 3개월 이상 방치해 두면 바이러스가 신경을 파괴한다. 파괴된 신경은 극심한 통증을 느끼게 한다. 그 통증은 칼에 베이는 듯한, 바늘로 찌르는 듯한, 벌레가 기어가는 듯한 등의 다양한 양상이다. 대상포진 후유증에 의한 통증은 불인통이라 하여, 어떤 약으로도 가라앉힐 수 없는 통증이다.

Y는 오자마자 대성통곡을 했다.

"흐흐흑, 감당이 안 돼요, 감당이. 흐흐흑. 너무 아파요. 비용도 비싸고요."

얼마나 힘들면 낯선 사람들이 많은 곳에서 저리 울까? 나는 티슈를 들고 그녀의 옆에 앉았다. 등을 쓰다듬어 주며 울음이 그치기를 기다렸다.

"지금이라도 치료하면 어느 정도 효과는 볼 수 있어요. 이건 쉽게 낫는 병은 아니지만 인내를 가지고 치료를 해 보기는 해야 해요."

Y는 눈물을 닦고 차츰 내 말에 귀를 기울였다. Y를 가장 친절하고 치료를 잘하는 사람에게 배당해 주었다. Y가 올 때마다 호전 여부를 묻고 가급적 자주 치료를 받을 수 있도록 스케줄을 조정해 주었다. 그리고 장기간의 치료를 견딜 수 있도록 격려를 아끼지 않았다.

"조금씩 좋아지고 있어요. 신경 써주셔서 감사합니다." 어느 날 Y는 환하게 미소를 지으며 말을 했다. 내 마음도 환해졌다.

20대 초반의 여자 환자 F는 간질 발작 때문에 입원을 했다. 언제 찾아올지 모르는 발작 때문에 대학을 휴학한 상태였다. 그녀의 어머니는 크게 사업을 하는 사람이라 병원에 자주 들르지를 못했다. 6인용 병실에서 그녀 혼자 20대라 말벗도 없었다. 나는 안쓰러운 마음에 틈나는 대로 그녀와 자주 대화를 했고 F도 나를 잘 따랐다.

어느 날 F는 발작을 시작했다. 발작이 올 거라고 느낌이 있었는지 침대와 침대를 넘나들려고 하다가 병실 바닥으로 곤두박질치기까지 했다. 쿵 하는 소리에 나를 포함한 몇 명이 달려가 보니 F의 사지는 강직이 된 상태에서 덜덜 떨리고 있었다. 눈은 뒤집어져서 흰자위가 대부분이었고 입에서는 거품이 몰려나오기 시작했다. 다른 환자들이 볼까 얼른 커튼을 치고, 고개를 옆으로 돌려주고 압설자를 물려주었다. (발작을 하는 경우 침이나 이물질들이 넘어가서 기도를 막지 않게 고개를 옆으로 돌려주고 혀를 깨물지 않도록 압설자를 물려준다. 필요하면 산소를 주고 진정제를 준다.)

얼마 지나지 않아 F는 깨어났고 우리는 그녀가 침대에서 떨어지면서 다친 곳은 없는지 살펴보았다. 입에서 나온 침을 닦아주고 침대에 누워 휴식을 취하게 했다. 다행히 아파하는 곳은 없었다. 다만 F는 매우 부끄러워했다. 병실의 다른 환자들은 놀라기도 했지만, 젊은 여자가 발작하는 것이 안쓰러워서 한마디씩 했다. F

는 더욱 움츠려 들었다.

나는 그 이후로 그녀를 더 살갑게 대하려고 노력을 했고 앞으로의 삶이 많이 남았으니 기운 내라고 해 주었다. 어느 날, 처치를 위해 F에게 갔더니 나에게 몇 권의 책을 보여주었다.

"이제 저도 책을 좀 읽으려고요. 간호사님 말씀대로 미래에 대한 꿈도 꿔야겠어요."

그녀는 웃었다. 나도 따라 웃었다.

이처럼 임상이라는 전장에서도 가끔은 웃을 수 있고 아름다운 꽃도 핀다. 그래서 지금까지 여기 남아 있을 수 있는지도 모른다.

늘 주눅 들어 있다가

내가 대학병원에서 근무할 때 그곳은 팀 널싱(team nursing)제였다. 즉, 의사의 처방을 확인하고 일을 분배하는 것을 주 업무로 하는 차지 간호사(책임 간호사, charge nurse) 1명과 환자에게 직접 가서 간호술기를 수행하는 액팅 간호사(acting nurse) 여러 명이 한 팀을 이루어 일을 하는 형태였다. 그 당시 차지 간호사가 되기 위해서는 5년 정도의 시간이 필요했다. 나는 3년 만에 퇴사를 했으니 액팅 일 즉 시키는 일만 하다가 나왔다.

15년의 시간이 흐른 후에 다시 병원에 가니 트렌드가 마이 페이션트(my patients)제로 바뀌어 있었다. 의사의 처방을 받는 차지 일과 간호 술기를 실제로 수행하는 액팅 일을 혼자서 다 해야 했다.

몇 달간의 훈련을 거친 후 내 환자를 받아 일한 지 얼마 안 되었던 시절. 아무리 이리 뛰고 저리 뛰어도 일은 줄어들지 않았고 시간이 부족했다. 할 일을 순서대로 정해 두어도 한 가지 일이 끝나기 전에 다른 급박한 일들이 치고 들어왔다. 앞의 일도 제대로 마무리 짓지 못하고 넘어가는 경우가 부지기수였다. 그러다 보면 중간중간 마치지 못 한 일이 생기는데, 다음번 간호사에게 최대한 피해를 주지 않기 위해 서둘러 일을 해 두어도 빠진 부분을 놓치는 경우가 많았다.

"선생님, 환자 주사 부위가 부었네요. 갈아주시고 가세요."

"선생님, 오전에 T 환자가 받은 시술에 대한 비용을 안 넣으셨네요."

"액팅을 다 하시고 사인을 안 하셨네요. 완료하고 가주세요."

"환자가 오선에 저녁 식사 바꿔 달라고 이야기했다던데, 처방이 그대로네요. 바꿔 주고 가세요."

"선생님, U 환자 초음파 결과에서 이상 사항 나온 것 주치의에게 알려 주셨나요?"

"이거 알려드린 것이 몇 번째인데 아직도 기억을 못 하시는 거예요. 다시 해 놓고 가세요."

인계를 받으면서 어린 사람에게 이것저것 지적을 받으면 얼굴이 빨개지다 못해 검어져 버렸다.

'나잇값도 못 하고 이게 뭐람?'

'방금 전까지 기억하고 있었는데 왜 잊어버렸지?'

'아…… 점심밥 먹지 말고 일할 걸 그랬다.'

온갖 후회를 하며 자책했다. 일을 하다 보면 실수를 할 수는 있지만 내가 하는 일이 실수가 용납이 안 되는 직업이라 더 괴로웠다. 물론 실수를 한 일 중에는 생명에 큰 지장이 없는 것들도 있었다. 하지만 '이 정도는 괜찮아, 저 정도는 괜찮아.' 하며 넘기다가는 나중에 크고 중요한 일을 놓칠 수도 있기에 가급적 모든 것을 놓치지 않도록 훈련을 해야 했다. 환자들이 문제를 일으킨 것도, 불가항력적인 사건들도 변명이 통하지 않았다. 모든 사건 사고와 실수는 다 내 탓인 듯 느껴졌다.

설령 누군가 "이번 건은 괜찮아."라고 해도 내 자신이 스스로를 용납을 할 수 없었다. 이러다보니 많은 일에 의심이 생겨서 '내가 혹시 또 실수하고 있는 것은 아닌가?' 하는 생각을 자주 하게 되었다. 그래서 과감하게 일을 해야 할 때도 멈칫멈칫하게 되었다. 일을 속도는 더 늦어져 갔고 버벅거리는 일도 잦아졌다. 사람이 마이크로로 변해갔고 소심한 성격이 더 소심해졌다. 자존감은 날로 바닥을 향해 떨어져 갔고 나 자신을 믿을 수가 없게 되었다.

그러다가 문득 이런 생각이 들었다.

'내가 이렇게 쭈그러져서 일하고 있는 것을 아들과 딸이 보면 얼마나 창피할까?'

'이렇게 내가 나를 미워하고 의심한다면 나를 낳아준 엄마 아빠는 얼마나 속상할까? 힘들여 공부시켜준 것에 대한 보답도 못 하고 이게 뭐람.'

'남편이 이런 내 모습을 본다면 허탈하지 않을까? 밖에 나와서 일하는 아내 때문에 내조도 제대로 못 받고 있는데.'

'보호자들은 내가 전문가인 줄 알고 자신들의 가족을 맡겼을 텐데.'

생각이 여기까지 미치자 정신을 좀 더 차리고 자신감을 가져야겠다는 마음이 생겼다. 모르는 것은 확실히 모른다고 하고, 실수한 것은 빨리 인정하고 고치고, 부당하다고 생각되는 것은 아니라고 말하고, 기억이 안 나는 것들은 몇 번이고 다시 익혀야겠다는 생각이 들었다. 내가 가진 단점보다 장점을 더 많이 생각해 보려고도 했다.

그렇게 자존감과 자신감을 가지는 훈련을 하면서 조금씩 나아지고 있다. 하지만 아직도 주변에서 뭔가 문제가 생기면 화들짝 놀라면서 '내 실수인가?'라고 생각하게 된다. 그래도 노력을 멈추지 않고 한 발 한 발 나아가며 자신을 업그레이드 중이다. 노력을 거듭하다 보니 조금씩 단단해지는 내 모습을 보며 혼자 미소를 짓는 시간도 늘어간다.

간호학의 기본을 기억해 두기 위해

졸업한 이후로는 제대로 전공에 대해 공부를 해 본 적이 없는 듯하다. 매년 보수 교육을 받거나 병원에서 하는 월간 교육을 받는 것, 그리고 선배 간호사들에게서 노하우를 전수하는 것 외에는 말이다.

그런 상태로 시간이 지나다 보니 간호학의 기본 이론에 대한 기억이 점차 희미해져 갔다. 물론 현장에서 벌어지는 상황은 이론대로 되지는 않지만, 기본 원리를 알아야 자신이 행하는 행위가 어떤 근거를 가지고 있는지 알 수 있다. 이론이 탄탄해야 일부가 아닌 전체적인 그림 속에서 유기적이고 통합적인 간호를 제공할 수 있다. 그래서 이론은 중요하다.

하지만 다시 이론책을 펼쳐들고 공부를 하는 것은 매우 지루한 과정이다. 그래서 내가 선택한 방법은 간호 관련 원고를 만드는 것과 간호학원에서 강의를 하는 것이었다.

간호 관련 원고를 쓰려고 하는 사람들을 위해 과정을 잠시 소개하고자 한다.

원고를 쓰는 경우는 해당 출판사의 의뢰를 받아서 진행한다. 원서를 번역하기도 하고, 자료를 토대로 새로 만들어내기도 한다. 그렇게 만든 원고는 매절이라고 해서 원고료를 받아넘기거나 인세를 받기도 한다.

번역을 하는 경우는 한글로 정확히 매끄럽게 옮기는 것이 관건이지만, 원고를 처음부터 만드는 것에 비해 자료를 많이 찾지 않아도 된다. 원고를 만드는 것은 원고 기획과 자료 찾기에 많은 시간을 들여야 한다. 요즘 대부분의 의학-간호학 전공 서적들이 비닐 포장을 해서 안을 열어 볼 수 없게 나오므로 서점에서 자료를 찾는 것이 어려워졌다.

이때는 출판사에 자료를 요청하거나 직접 찾아야 하는데 나는 주로 공공도서관을 이용한다. 공공도서관은 구립, 시립 등 다양하지만 간호학 전공 서적의 최신판을 구립이나 시립에서 구하기는 쉽지 않다. 그래서 나는 서울 서초동에 있는 국립 중앙도서관을 자주 이용한다.

자료실 이용을 위해서는 미리 온라인으로 예약을 하고 가는 것이 원칙이지만, 당일에 가서 신청을 해도 입장을 할 수 있기도 하다. 모든 책들이 진열되어 있는 것이 아니라서 필요한 책이 밖에 나와 있지 않다면 열람 신청을 해야 한다. 그런데 워낙 많은 사람들이 열람 신청을 하기 때문에 대기 시간이 좀 긴 편이다. 해당 자료는 복사실에서 복사할 수 있다.

이렇게 자료를 찾았으면 원고 작성을 시작한다. 원고를 써본 사람들은 알겠지만, 글을 쓴다는 것은 엉덩이 싸움이다. 글이 써지지 않아도 오래 앉아서 이렇게도 써 보고 저렇게도 쓰다 보면 어느새 완성본이 나온다. 다만 전공에 관련된 글을 쓰는 것은 논픽션이기 때문에 출처와 근거를 정확히 해 주어야 한다. 가급적 권위 있는 곳의 최신 데이터를 근거로 해서 말이다.

다음으로 간호학원 강의를 하고자 하는 사람들을 위해 몇 가지를 소개하고자 한다.

간호학원 강의는 간호조무사들을 대상으로 한다. 예전에는 간호조무사 교육을 국비교육으로 해서 국립병원에서 실시했다고 한다. 그때는 교수진도 석사 학위 이상의 간호사, 의사, 한의사들이었다고 한다.

요즘 학생 조무사들은 민간 학원에서 1년 정도의 교육을 받는데 간호사들이 강의를 한다. 지루한 이론보다 병원 현장의 경험을 이야기해 주면 더 좋아한다. 최신 의료 소식이나 역사 속의 간호 이야기들도 반응이 좋다. 강의를 하면 점점 지워져 가는 전공에 대한 지식을 다른 사람을 가르치며 되살릴 수 있다는 장점이 있다. 가르치는 사람이 더 많이 공부를 해야 하니 말이다. 물론 간호대학에서 배우는 '간호학'과는 명칭과 종류가 비슷할 뿐, 깊이와 내용은 많은 차이가 있다.

전에는 학생들이 주로 나이 지긋한 여자들이었는데, 요즘은 젊은 사람들도 많고 남학생들도 종종 보인다. 간혹 병원장 아내들이 조무사가 되겠다고 공부를 하는 경우도 있다. 누가 배우든 간에 간호학 전공을 하지 않은 사람들을 대상으로 하다 보니 최대한 쉽게 설명을 해주어야 한다.

코로나가 한창 심할 때는 학원의 오프라인 수업을 진행할 수가 없어서 줌 수업으로 했다. 인체 모형들이 누워있거나 서 있는 아무도 없는 빈 강의실에서 혼자 떠들다 보면 순간순간 쎄~할 때가 있다. 그럴 때면 강의실 불을 다 켜놓는 것도 모자라 문을 활짝 열어 두었다. 요즘은 다시 대면 수업이 이루어지고 있어 활기가 돈다.

간호사를 하면서 이론적인 베이스를 잘 유지하고 싶은 사람들에게 원고 쓰기와 강의하기를 추천한다. 물론 본업은 계속 충실히 하면서 말이다.

황금이 둘려 있는 간호사 면허증

"간호사 면허증은 황금이 둘려 있어요. 매우 귀한 면허증을 가지고 있는 것이니 자부심을 가지세요."

유휴간호사 교육 마지막 날 교육 간호사 선생님이 해 준 말이다. 그때는 무슨 뜻인지 잘 몰랐던 '황금 면허증'의 가치를 시간이 흐르면서 깨닫고 있다.

여러 어려움에도 불구하고 간호사는 많은 장점이 있는 직업이다. 그렇기 때문에 나 또한 15년의 경력 단절을 극복하고 다시 간호사 생활을 하고 있는 것이 아닐까 싶다. 간호사라 좋은 점은 다음과 같다.

첫째, 주변 사람들의 궁금증을 해결해 주고 건강지킴이가 되어 줄 수 있다.

요즘은 일반인들도 건강에 대한 지식수준이 높은 편이다. 하지만 아직도 기본적인 내용들조차 잘 모르는 사람들도 많다. 예를 들면, 인대가 늘어났을 때 온찜질을 해야 하는지, 냉찜질을 해야 하는지 헷갈려 하는 분들이 있다. (인대가 늘어나 부어오를 때는 일단 냉찜질을 해 주어야 한다.) 전염성 질병의 경로도 정확히 몰라서 과도하게 두려움에 사로잡히거나 방어적이 되는 분들도 있다. 내시경 검사를 할 때 주로 쓰는 진정제인 미다졸람이나 프로포폴과 수술 마취를 할 때 쓰는 약의 차이를 몰라 내시경 자체를 거부하는 분들도 있다.

이런저런 이유로 건강과 의료에 대해 궁금함이 있을 때, 지인 중에 간호사가 있다면 빠르고 정확하게 알려 줄 수 있을 것이다. 또 이런 과정을 통해 신체의 이상 신호를 조기에 발견하고 치료를 받게 도움을 줄 수 있다. 주변인들의 건강지킴이가 되어 주는 것이다.

둘째, 전공을 살려 일할 수 있다.

의외로 많은 사람들이 대학 때의 전공을 살리지 못하고 일을 한다. 특히 여자들이 좀 더 심한 편이다. 그 이유는 여러 가지가 있다.

대학 전공을 선택할 때, 과에 대한 정보와 그 과를 나오면 어디서 무엇을 하게 되는지 몰랐을 수 있다. 그래서 주변 사람들(요즘은 컨설턴트들의 도움을 많이 받기도 하지만)이 해 준 조언과 알고 있는 일부 정보를 조합하여 입학을 하게 되는 경우가 많다. 그러한 선택에는 물론 성적이 중요한 기준이 된다. 또 대학 생활 중에도 그 전공이 맞지 않으면 뒤늦게라도 길을 바꿔야 하는데, 그것마저 쉽지 않다.

그러다 보니 전공 따로 실제 직업 따로인 경우가 많다. 하지만 간호사는 자신의 전공 그대로 일을 할 수 있다. 간호사가 적성에 잘 맞는다면 교육받은 것과 직업 수행 내용이 매칭이 잘 되니 더할 나위 없이 좋은 상태가 된다.

셋째, 취업 걱정이 없다.

현장에서 간호사는 늘 부족하다. 간호사 인력 수급을 위해 간호대의 정원을 늘렸지만, 자격증을 따고도 일하지 않는 간호사들이 많고 이직률도 높다. 그래서 대학병원을 비롯하여 크고 작은 병원들이 365일 늘 구인을 하고 있다. 입맛에 딱 맞지 않아서 그렇지 일자리는 많으니 실업자가 될 염려는 없다.

다만 간호사의 페이는 다른 업종에 비해서 월등히 높은 편이 아니다. 어쨌든 일자리도 많고 최소 비용도 어느 정도 보장되니 굶는 일이 생기지는 않는다. 덧붙여 본인 체력만 된다면 은퇴 없이 계속 소소하게 돈을 벌 수 있다.

넷째, 돈 받으면서 일을 하는데 감사하다는 말을 듣는다.

환자들과 보호자들에게 간호사로서 응당해야 할 일을 했는데, "감사하다."는 인사를 받는 경우가 종종 있다.
뇌졸중으로 반신 마비가 된 환자를 부축해 주고, 식사와 목욕을 도와주는 것은 당연히 간호사가 해야 할 일이다. 수술 받기 전에 긴장과 걱정을 하고 있는 환자와 보호자를 안심시키고 관련 정보를 주는 것도 당연히 간호사가 해야 할 일이다. 깜깜한 밤에 환자들이 숙면을 취하고 있는지 자주 들여다보는 것도 간호사가 해야 하는 일이다.
그런데 그런 일을 하면서 돈을 벌고 더 나아가 감사의 인사까지 받는다. 일석이조다.

다섯째, 원한다면 언제든지 그만두고 휴식을 취할 수 있다.

요즘은 일반 직장 중에서도 육아 휴직이니 안식년이니 하는 것을 주어서 직원들의 번아웃을 방지해 주는 곳이 있기는 하다. 하지만 그런 제도를 이용하지 않더라도 간호직은 셀프 휴직, 셀프 안식년을 가질 수 있다. 일을 하다가 잠시 그만두어도 취업을 못 할까 봐 걱정할 일은 별로 없기 때문이다. 따라서 신체적, 심리적 휴식이 필요하거나 자기 계발의 시간이 필요하다면 언제든지 그렇게 할 수 있다.

여섯째, 해외에서는 국내에서보다 더 인정을 받을 수 있다.

사실 간호사에 대한 대우는 우리나라보다 해외에서 더 좋다. 특히 캐나다, 미국, 호주, 두바이 등은 간호사로서 꿈을 펼치기 좋은 나라들이다. 간호사는 어느 나라든 인력이 부족한 직군이고 비자 발급이나 이민도 다른 업종에 비해 쉬운 편이다.

특히 선진국일수록 간호사의 페이가 높고 근무 시간 선택도 자유로운 경우가 많다. 간호사의 독립성과 전문성에 대한 인정도 더 잘해준다. 그에 비해 우리나라에서는 아직도 간호사를 의사의 보조 정도로 인식하고 있다. 그래서 점점 많은 수의 고급 간호사들이 해외 취업으로 눈을 돌리고 있다.

옛날에는 가난한 집안에 경제적인 도움을 주기 위한 해외 취업이 주를 이루었다면, 요즘은 자신의 능력 향상, 자아실현, 타국의 문화 체험 등을 목적으로 취업을 하는 경우가 늘고 있다. 간호사에 대한 사회적, 제도적인 대우 자체가 다르니 앞으로도 간호사 해외 취업은 계속 증가할 것으로 예상된다.

일곱째, 전문성을 바탕으로 할 수 있는 일이 많다.

임상 간호사가 지겹고 힘들어서 떠나고 싶어도(이것을 '탈임상'이라고 한다.) 병원을 떠나면 뭘 할 수 있을지 자신이 없어서 꾹 참고 다니는 경우가 있다. 하지만 간호사 자격증으로 할 수 있는 일은 의외로 많다.

산업 현장 간호사, 학교 보건 교사, 어린이집 방문 간호사, 제약회사나 의료기기 영업 혹은 마케팅 간호사, 연구 간호사, 보건직 혹은 소방직 간호사, 사회복지시설 간호사, 간호 강사 혹은 교수, 간호 출판사 운영, 의료 관광 간호사 등을 할 수 있다. 그 모든 것들이 간호 지식과 기술을 발판 삼아 도전해 볼 수 있는 영역이다.

이렇듯 좋은 점이 많은 간호사 일을 할 수 있는 증서, 간호사 면허증은 테두리에 황금이 둘린 것이 분명하다. 간호사 면허증을 가지고 있음에 큰 자부심을 가져야 하겠다.

리셋 또 리셋

대부분의 직장인들이 그러하듯 하루 9~10시간을 직장에서 보내고 나면 방전이 된다. 그래서 집에 와서는 드라마나 영화를 보거나 게임을 하거나 그냥 멍때리면서 보내는 경우가 많다. 물론 어떤 사람들은 퇴근 후의 시간을 자기 계발을 하거나 취미 생활을 하면서 알차게 보내기도 하지만.

나는 병원 일을 하고 집에 오면 아이들을 대충 챙기고 저녁밥도 대충 먹고 바로 누워서 시체놀이하는 스타일이었다. 집에서 틈나는 대로 누워있다 보니 웃지 못할 일이 발생했다. 아이들이 유치원에 다닐 때 어느 날 담임 선생님의 전화가 왔다.

"어머니, 애들이 유치원만 오면 눕는데 왜 그럴까요?"

그 질문을 받고 민망했다. 엄마인 내가 누워있는 것을 많이 본 아이들이 그대로 따라 한 것이었다. 그 이후로 집에 오자마자 곧바로 눕는 것을 줄이고자 노력했지만, 방전된 몸과 마음을 추스르는 것은 쉽지 않았다. 아무것도 하지 않고 가만히 있으면서 병원에서 쌓인 독(?)을 빼내서 리셋하지 않으면 다음 날 출근을 할 수 없었으니까.

더군다나 경력 단절 이후 재취업을 했을 때는 2년 정도 퇴근 후 시체놀이를 다시 했다. 가만히 누워서 병원에서 있었던 일을 곱씹을 때가 많았다.

'T는 왜 내 인사를 받는 둥 마는 둥 했을까?'

'P 할머니에게 고기반찬 줄 때 더 잘게 잘라드릴 것을 그랬네.'

'U 환자가 물리치료 갈 때는 수액 클램프에 테이프를 붙여 줘야겠다. 치료실에서 자꾸 클램프가 열리니까.'

이것저것 생각하다가 스르르 잠이 들었다.

그렇게 하루하루를 보내던 어느 날, 시간이 참 아깝다는 생각이 들었다.

'아름다운 계절을 느껴보지도 못하고 보내고 있구나.'

'세상에 배울 것도 많고 도전해 볼 것도 많은데 시간을 낭비하고 있구나.'

'병원만 왔다 갔다 하니 우물 안 개구리가 되어 가고 있구나.'

그 이후로 내 삶을 보다 다채롭게 해 봐야겠다는 결심이 들었다. 그래서 요가, 밸리 댄스, 걷기 등의 운동을 해보았다. 자기 계발과 재테크에 대한 강의도 들으러 다녔다. 3교대를 할 때는 정해진 시간과 요일에 가야 하는 강의들에 참여하기는 어려웠다. 그래서 상근직이 되려고 노력을 했고, 9 to 6의 생활을 하기 시작한 후에는 보다 수월하게 여러 활동을 할 수 있었다.

자꾸 잊어버리는 간호 이론을 기억해 내기 위해 강의를 다니기도 했다. 간호조무사들을 가르치며 돈을 받고 있었지만 사실은 내가 공부를 하기 위해 강의를 한 것이었다. 매일 독서를 하고 글을 쓰는 루틴도 했다. 모든 것들이 그냥 누워서 리셋을 하는 것과는 다른 방식의 리셋이었다.

그렇게 병원 외의 일을 하자 오히려 병원 일을 더 신이 나서 할 수 있게 되었다. 다채로운 경험을 하다 보니 시야가 넓어져 환자들과 보호자들을 이해하는 데도 도움이 되었다.

간호사의 삶은 주기적인 리셋을 하지 않으면 오래 버틸 수 없는 직업이다. 병원 일이 너무 힘들고 쳇바퀴를 돌리며 사는 삶이 지루하다면 다양한 활동에 도전해 보면서 자신을 리셋해 보는 것은 어떨까? 이런 리셋의 과정이 자신에게 활기를 돌려줄 테니까.

병원 행사가 모두 괴로운 것은 아냐

병원에는 다양한 행사들이 있다. 보건복지부 인증, 송년회, 세미나, 각종 교육, 아이디어 공모전, 진료 봉사 등이 그것이다. 이런 행사들에 간호사들이 자발적으로 참여하는 경우는 많지 않다. 원래 하고 있는 일들만으로도 버겁기 때문이고, 시간 외 수당도 못 받는데다가, 행사에 참여하기 위해 금쪽같은 자신의 휴가를 써야 하기 때문이다. 그래서 병원 행사에 차출되는 사람들은 대부분 힘들어한다.

인증평가는 간호사들이 싫어하는 행사 중의 하나이다. 인증을 준비하면서 환경도 개선되고 공부도 많이 되지만, 병원의 환경미화원이 되는 시기가 인증 시즌이기 때문이다. 근무 시간 동안 헐

떡거리며 일을 했는데 근무가 끝나면 환경 청소를 해야 한다. 눈에 잘 보이는 곳뿐만 아니라 침대 프레임, 창틀, 선반, 서랍 안쪽까지 소독약을 이용해 청소해야 한다. 내 집 청소할 시간은 없어도 병원 구석구석을 닦기 위해 무보수 노동을 하는 것이다. 이 청소를 할 때에는 쉬고 있는 간호사까지 동원된다. 깡 좋게 나타나지 않은 간호사는 수간호사에게 찍히는 것은 둘째고, 동료 간호사들의 째려봄을 견뎌야 한다.

병원 관련 행사에 춤과 노래, 환영 행사를 해야 하기도 한다. 지금은 많이 사라졌지만 한때 각 병원들이 간호사들을 행사에 무리하게 동원해서 춤과 노래를 시켰다. 어떤 병원은 외부 협력 업체 혹은 이사장 등이 방문할 때면 얼굴 예쁘고 마른 젊은 간호사를 차출해서 도우미 혹은 환영 담당자의 일을 시키기도 했다. 간호사들이 양쪽으로 도열하여 '솔' 높이에 맞춰진 목소리로 "환영합니다, XX님."을 외치도록 한 것이다.

간호사의 전문성을 중요하게 보기보다 간호사를 성적인 존재로 인식하였기 때문일 것이다. 또한 예전에는 사회적인 성인지 감수성이 낮았기에 피해를 받는 쪽에서도 피해를 주는 쪽에서도 뭐가 문제인지 몰랐을 수도 있다.

내가 다니던 병원도 연말이면 장기자랑을 하곤 했었는데, 간호사들의 행사 동원이 사회적으로 문제가 된 그 해부터 폐지되었다.

그래도 여전히 남아 있던 연례행사들이 있었는데, 괴롭고 힘들게 느껴질 수 있었던 행사가 오히려 즐거웠던 기억이 있다. 전 직원이 참여하는 등산 대회, 간호부에서 하는 연말 파티와 퀴즈대회였다.

등산 대회는 단풍이 곱게 드는 가을에 근처의 산을 등반하고 전체 회식을 하는 것이었다. 등산이라는 활동이 호불호가 갈리는 것이라 하기 싫어하는 사람들도 있었고 좋아하는 사람들도 있었다. 나는 싫고 좋고를 떠나서 젊은 사람들에게 뒤쳐질까 봐 걱정이 되었다. 그래서 등산 대회 두 달 전부터 주말마다 동네 산을 오르내리며 연습을 했다. 그리고 행사 당일에는 등산을 하다가 에너지가 떨어질까 봐 부서원들 것을 포함하여 나의 간식을 조금 준비했다.

그런데 웬걸? 의외로 많은 사람들이 산을 제대로 오르지 못하고 허덕대는 것이 아닌가? 게다가 매년 먹고도 남을 정도의 간식을 병원 측에서 제공을 했었는데, 그날에는 아무것도 주지 않았다. 그래서 내가 준비했던 간식이 더 빛이 날 수 있었다.

그날 나는 두 달간의 훈련 덕에 세 번째로 하산을 했다. 그리고 "선생님이 준 간식 먹고 기운 내서 내려올 수 있었어요."라는 인사를 많이 들었다. 반강제로 참여한 등산 대회였지만 내겐 즐거운 경험이었다.

어느 해 간호부 연말 파티는 드레스 코드를 맞춰서 진행을 했다. 복장에 빨간색을 포인트로 넣으면 되는 것이었다. 빨간색 원피스, 빨간색 셔츠, 빨간색 목도리, 빨간색 신발, 빨간색 모자, 빨간색 장갑 등 다양한 아이템을 볼 수 있었다.

눈에 띄는 사람들은 중앙 라인을 따라 모델 워킹을 해야 했었는데, 아마추어들이 민망해하며 어색하게 걸어가는 모습에 다들 박장대소를 했다. 그날의 위너는 빨간 스타킹을 신은 간호사였다. 서로를 칭찬하며 격려하는 화기애애한 분위기 속에서 관리자들의 호주머니를 털어 준비한 경품들도 많아 더욱 즐거웠다.

퀴즈 대회는 대회가 있기 몇 달 전에 자료를 배포해 주었다. 자료는 병원 매뉴얼을 포함해서 실무를 하는 데 도움이 되는 것들이었기에 퀴즈 준비를 하면서 실무 능력도 향상시킬 수 있었다. 사실 간호사들은 매일매일 지쳐서 퇴근을 하기 때문에 집에 가서 공부를 더 한다는 것은 정말 어렵다. 그런데, 이런 퀴즈 대회를 한다니 억지로라도 공부를 하게 되어 자기 성장의 기회를 가질 수 있었다. 또한 병원에 대한 이해도 더 깊게 할 수 있었다.

이번에도 젊은 간호사들에게 뒤처지지 않기 위해 열심히 준비를 했다. 나이가 40 중반을 넘어가니 방금 봤던 것도 뒤돌면 까먹고 리셋이 되어서 여러 번 반복을 해야 했다. 나는 이 대회에서 1등을 해서 병원에서 사용할 수 있는 현금 쿠폰을 받았다. 나중에 수십만 원의 피부과 치료를 하는 데 보태서 사용했다.

이처럼 병원에서 하는 모든 행사가 그저 힘들기만 한 것은 아니다. 자신의 부족한 부분을 채우고 동료들과의 관계를 돈독히 하면서 한층 성장할 수 있는 기회로 삼을 수도 있다. 이제 병원에서 어떤 행사를 한다고 하면 부정적으로만 생각할 것이 아니라 긍정적인 면도 생각해 보는 것은 어떨까?

존엄하게 삶을 마감하는 현장, 호스피스

'호스피스'라는 용어를 처음 접한 것은 대학교 때였다. 간호학 어느 시간에 배웠는데 실습도 안 나갔던 파트라 세월이 흐르면서 점점 기억 속에서 사라져 갔다. 그 후 간혹 '호스피스'라는 말을 들으며 지내기는 했으나 직접 경험하게 된 것은 친정아버지가 말기 암으로 진단받은 이후였다.

암 진단 이후에 친정어머니는 집에서 지극정성 간병을 했지만, 시간이 지나면서 지치시는 모습이 역력했다. 게다가 출가한 자식들은 아버지를 집으로 모실 상황이 못 되었다. 이러지도 저러지도 못하는 상황에서 아버지 주치의가 호스피스를 권했고 친정 근처의 대학 병원 호스피스 병동으로 모시게 되었다.

호스피스 병동(원)은 삶을 이어가는 것만이 목적인 연명 의료 대신 '아름답고 존엄한 죽음'을 원하는 말기 환자들이 찾는 곳이다.

급성기 병원과 호스피스 병원에서 이루어지는 암 치료를 비교해 보자.

급성기 병원에서는 수술, 항암 화학 치료, 방사선 치료 등 적극적이고 공격적인 치료를 한다. 하지만 호스피스 치료 과정은 통증 완화, 남은 시간 동안의 존엄성 유지 등에 중점을 둔다. 요즘에 대두되고 있는 편안하게 삶을 마무리하는 '웰다잉'과 맥락을 같이 하는 것이다. 환자 치료뿐만 아니라 사별을 겪은 가족들까지 포괄하여 돌보는 치료이다.

호스피스를 시작하면 환자를 포기하는 것이라고 오해하는 사람들이 있다. 하지만 호스피스 치료는 환자를 포기하는 것이 아니다. 오히려 신체적, 정서적, 영적, 사회적 치료 등을 계속하는 전인치료다. 그래서 의사와 간호사 같은 의료진만이 참여하는 것이 아니라 사회복지사, 성직자, 자원봉사자들과 팀을 이루어 환자를 돌본다.

호스피스 병동에 가보기 전에는 죽음이 가까워진 환자들이 모여 있는 곳이라 우울한 분위기일 것이라고 생각했다. 하지만 예상했던 것보다 활기찼고 자원봉사자들이 방문하여 진행하는 다양한 프로그램들이 많았다. 음악 연주, 그림 그리기, 오일 마사지,

아로마 테라피, 이미용 봉사, 종교인 방문, 꽃꽂이 강좌 등이 있었다. 안타까웠던 것은 많은 양질의 프로그램이 제공됨에도 대부분의 환자들이 기력이 없는 상태라 적극적인 참여는 어려웠다는 것이다. 하지만 그마저도 없었다면 분위기는 엄청 우중충했으리라.

호스피스 병동에 가서 여러 유형의 환자들과 가족들을 보았다.

아버지와 같은 병실을 쓰던 어떤 남자 환자분은 폐암 말기였는데, 마지막 순간까지 가족들을 원망했다. 산소호흡기를 끼고 숨을 헐떡이는 와중에도 "내가 너희들에게 어떻게 해주었는데 나에게 이것밖에 못 하냐?"라며 서운함을 많이 드러냈다.

간혹 보호자들이 호스피스 치료에 대한 이해가 부족해서 환자들에게 헛된 희망을 주기도 했다. "엄마, 며칠만 여기서 보내. 컨디션 좋아지면 다시 나가서 항암치료 받자."라고 말하는 보호자도 있었다. 그런 이야기를 듣고 있으면 의료진으로서 답답하기는 했지만, 섣불리 나서서 "호스피스까지 오셨을 때는 삶을 이제 정리하시라는 거예요."라고 매몰차게 말할 수도 없었다.

신앙심 좋은 할머니 한 분은 마지막까지 담담하고 평안한 모습이었다. 자녀들이 병문안을 오면, 환하게 웃으시면서 "이제 여한이 없어. 너희들 시집 장가보내고 잘 사는 모습까지 보았으니. 하느님 곁으로 가는 건데 뭐가 두렵고 외롭겠니?"라고 말씀하셨다. 할머니는 의연한 태도로 웃으셨고 자녀들은 돌아서서 눈물을 흘렸다.

예쁘고 아기자기한 놀이방에서 놀고 있는 말기 암 환자 어린아이들을 보는 것은 정말 안타까웠다. 죽음이 무엇인지 제대로 알지 못하는 아이들에게 그저 "여기서 나가면 우리 맛있는 거 먹자. 멋진 곳에도 가보고."라고 거짓말을 할 수밖에 없는 부모들. 뒤돌아서 가슴을 치는 그들의 절절한 심정이 복도를 타고 내 마음속까지 들어올 때면 나도 가슴이 먹먹했다.

호스피스 병동에는 1인실이 있다. 그 방에 환자가 들어가면 며칠 내로 사망을 한다는 의미이다. 친정아버지를 1인실로 옮기시게 하고, 친정아버지가 만나야 할 사람들에게 연락을 하라는 주치의의 말을 듣고 끝이 다가오고 있음을 알았다. 1인실은 은은한 조명에 좋은 오디오 기기가 갖추어져 있어 음악을 계속 틀어드릴 수 있었다. 지금 와서 생각해 보면 좀 활기찬 음악을 들려드릴 것을, 주야장천 늘어지는 조용한 음악만 틀어드렸던 것이 좀 아쉽다.

호스피스 치료는 환자들을 고통스럽지 않게 보내드리기 위해 진통제를 아끼지 않는다. 아버지가 통증을 호소할 때마다 진통제의 용량은 올라갔다. 의식이 오락가락하는 와중에도 아는 사람이 오면 간혹 알아보시기는 했던 아버지는 3일을 1인실에 머무르셨다.

임종이 다가오면 나타나는 증상들이 있다. 기력과 의식이 급격히 떨어지고 손끝과 발끝에 푸른색이 돈다. 혈압, 맥박, 체온, 산소포화도가 점점 떨어지고, 소변량이 줄어든다. 임종 전에 보이는 독특한 호흡을 한다. 이 호흡은 숨을 쉬지 않다가 크고 길게 숨을 쉬는 모습이 반복되면서 가래 끓는 소리가 난다.

임종이 거의 가까워졌어도 청력은 마지막까지 살아있기 때문에 환자의 귀에 대고 조용한 목소리로 "고마웠어요. 애쓰셨어요. 사랑해요. 걱정 마세요." 등의 말을 들려주는 것이 좋다.

우리 가족들이 슬픈 마음을 누르며 돌아가면서 아버지 귀에 말을 하고 있는데 심전도에서 flat선(심장이 정지되었음을 알려주는 가로선)과 알람이 떴다. 그 알람 소리는 우리 가족에게는 이젠 맘껏 울어도 된다는 신호였고, 병동에서 일하는 의료진에게는 와서 정리를 하라는 신호이기도 했다.

"XX님, 20##년 몇 시 몇 분에 사망하셨습니다." 의사의 사망 신고와 함께 그렇게 친정아버지를 보내 드렸다.

짧은 시간이었지만 호스피스 병원에서의 만족도는 높았다. 마지막 가는 길을 슬프거나 고통스럽지 않게 해주려는 많은 사람들의 노력이 어우러진 공간이었다. 호스피스라는 서비스를 이용할 수 있었기에 힘든 사별의 과정을 그나마 덜 힘들게 지나갈 수 있었다.

지금은 호스피스 병동에는 말기 암 환자들만 입원할 수 있다. 그러나 말기 치료라는 것이 암에만 국한되는 것이 아니기 때문에 좀 더 다양한 병을 가진 환자들이 이용할 수 있었으면 한다. 다행히 정부에서 통증이 심하거나 돌볼 사람이 없는 말기 환자들을 위한 입원 시설을 더 확장할 예정이고, 가정에서의 돌봄 등도 확대한다고 한다. 각종 서비스 및 시설이 좋아져서 누구나 원한다면 인간다운 마무리를 선택할 수 있는 날이 오면 좋겠다.

진정 사랑한다면 선택해야 할 연명치료 중단

당신의 사랑하는 가족이 어느 날 불의의 사고를 당했거나 심각한 질병에 걸려 회복 불능의 상태에 빠졌다고 생각을 해 보자.

하루하루 시간이 지나면서 결제 못 한 병원비는 쌓여가고 당신의 일상은 무너져 버린다. 누워있는 당신의 가족은 스스로 호흡을 할 수 없어 인공호흡기를 달고 있고 피부는 점점 썩어 가고 있다. 소변이 나오지 않아 신장 투석기도 돌아가고 있다. 자꾸 떨어지는 혈압을 올리기 위한 수액과 각종 약물은 안 그래도 자꾸만 부어오르는 몸에 들어가고 있다. 사용할 수 있는 항생제는 다 썼고 이제는 핏속에 균이 돌아다니는 패혈증이 와서 열이 잡히질 않는다. 의식은 돌아오지 않고 의미 없는 "으으으" 소리만 낸다.

당신의 가족은 차가운 기계음이 가득한 중환자실에서 오늘 끝날지 내일 끝날지 모를 시간을 처절하게 보내고 있다.

이때 의사는 현재의 기술로는 생명을 구할 수 없으며, 단지 죽음의 시간을 뒤로 미룰 뿐이라고 설명을 한다. 그러니 치료를 중단하는 것이 어떻겠냐고, 심폐소생술 포기(DNR)를 하겠냐고 물어본다.

"가지고 계신 기저질환도 많고 다른 치료를 더 해도 나아지시기는 어려워요. 환자분이 더 고통스러우실 수 있습니다. 심장이 멈추면 심폐소생술을 하게 되는데, 멈춘 심장에서 전신으로 피를 뿜어내게 하려면 강한 힘으로 가슴을 압박해야 해요. 그러다가 갈비뼈가 부러질 수도 있어요. 어떤 보호자 분들은 심장마사지를 원하지 않기도 해요. 심장마사지만 안 할 수도 있고 혈압을 올리는 승압제를 사용하지 않을 수도 있고 기관 내 삽관을 하지 않을 수도 있습니다. 소생술 포기서를 쓰시겠습니까?"라고 설명한다.

그러나 당신은 가족을 떠나보낼 마음의 준비가 안 되어 있다. 의사의 말이 매몰차게 들린다.

'어쩌면 기적이 찾아와 다시 살아날지도 몰라.'

'의사가 저렇게까지 말하는데 더 이상 가망이 없는 거야.'

'내가 먼저 포기했다고 나중에 하늘나라에서 만나 원망 듣지 않을까?'

'저렇게 사람 같지 않은 몰골을 하고 누워 있는 게 무슨 의미가 있지?'

'저 고통의 시간에서 하루라도 빨리 벗어나게 하는 것이 낫지 않을까?'

별의별 생각이 다 떠오른다. 그리고 "치료를 중단하겠다."고 말하는 것이 무슨 큰 죄를 짓는 것 같아 차마 입 밖으로 소리 내지 못한다.

이런 상황은 언제든 우리에게 닥칠 수 있다. 삶과 죽음에 대한 고민들의 시간이 오기 전에 우리는 '연명치료 중단'이라는 것을 준비해 둘 필요가 있다.

'연명의료 중단'이란 아무런 치료 효과 없이 임종기에 접어든 말기 환자를 대상으로 한다. 생명만 무의미하게 연장하는 의학적 시술을 중단하거나 유보하는 것이다. 포기하는 항목에는 심폐소생술, 혈액투석, 항암제 투여, 인공호흡기 착용, 체외생명유지술, 수혈, 승압제 투여 등이 있다.

어떤 것을 포기할 것인지 어떤 것을 할 것인지 선택할 수 있다. 연명치료를 중단하더라도 진통제, 식사와 물, 기본적인 돌봄은 제공된다. 아무것도 안 하고 덩그러니 방치해 두지는 않는다.

이 연명치료는 의식이 있는 환자라면 본인 스스로 결정할 수 있다. 의식이 없는 환자는 사전에 연명 치료 거부를 신청했으면 상관없지만, 안 해 두었다면 거쳐야 할 단계가 좀 많다. 직계가족 2

명이 연명치료 중단 의사를 밝혀야 한다. 그것이 아니라면 가족 전원이 동의해야 한다. 여기에 의사의 소견이 있어야 한다.

[연명치료 중단을 위한 환자 또는 환자 가족의 결정 방법]

○ 사전연명의료의향서

19세 이상의 성인은 누구나 자신의 연명의료에 관한 의사를 미리 밝혀둘 수 있다.

확인이 되지 않으면

● 연명의료계획서

말기 환자 또는 임종 과정에 있는 환자는 담당 의사와 함께 연명의료에 대한 계획을 남겨 둘 수 있다.

확인이 되지 않으면

○ 환자 가족

환자가 의사능력이 없는 경우라면 환자의 평소 뜻을 아는 환자 가족 2인이 일치하는 진술을 할 때 환자의 의사로 인정될 수 있다.

확인이 되지 않으면

● 환자 가족

앞선 모든 경우가 불가능하다면 환자 가족 전원이 합의하여 환자를 위한 결정을 할 수 있다.

병원이라는 곳에 가기 전에 미리 연명치료를 거부할 수 있는 방법은 '사전연명의료의향서'를 만들어 두는 것이다. 그런데 의외로 많은 사람들이 어디 가서 어떻게 해야 하는지 모른다.

일단 19세 이상의 사람은 누구나 자신이 향후 임종과정에 있는 환자가 되었을 때를 대비하여 연명의료에 관한 의향을 문서로 작성해 둘 수 있다. 이를 위해서는 반드시 보건복지부의 지정을 받은 사전연명의료의향서 등록기관을 방문하여 충분한 설명을 듣고 작성해야 한다. 등록기관을 통해 작성하고 등록된 사전연명의료의향서는 연명의료 정보처리시스템의 데이터베이스에 보관된다. 이때부터 비로소 법적 효력을 인정받을 수 있다.

'국립연명의료관리기관' 홈페이지에 가면 전국에 있는 사전연명의료의향서 작성 가능 기관을 찾을 수 있는데 갈 때는 신분증을 반드시 지참해야 한다. 신청했더라도 변경 및 철회가 가능하다.

나와 내 가족이 존엄하게 죽을 권리도 중요하고 할 수 있는 모든 치료를 받는 것도 중요하다. 다만 어떤 선택을 할 것인지 미리 고민해 둘 필요가 있다. 선택을 해야 할 상황이 되었을 때 당황하게 되면 본인과 가족에게 두고두고 후회가 될 결정을 할 수 있기 때문이다.

내 주변의 사람들, 내 가족들을 진정 사랑한다면 생의 마지막 순간에 대한 고민을 미리 진지하게 해 볼 필요가 있다. 그것이 나와 내가 사랑하는 사람들이 서로 미소 지으며 이별할 수 있는 방법을 찾아줄 것이다.

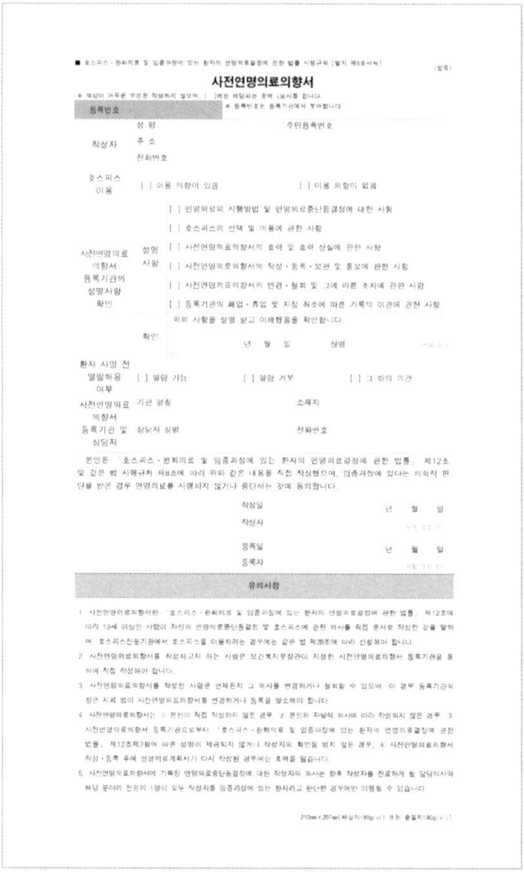
■ 호스피스·완화의료 및 임종과정에 있는 환자의 연명의료결정에 관한 법률 시행규칙 [별지 제6호서식] (앞쪽)

사전연명의료의향서

※ 색상이 어두운 부분은 작성하지 않으며, [ ]에는 해당되는 곳에 √표시를 합니다.

등록번호		※ 등록번호는 등록기관에서 부여합니다.
작성자	성 명	주민등록번호
	주 소	
	전화번호	
호스피스 이용	[ ] 이용 의향이 있음	[ ] 이용 의향이 없음
사전연명의료의향서 등록기관의 설명사항 확인	설명 사항	[ ] 연명의료의 시행방법 및 연명의료중단등결정에 대한 사항 [ ] 호스피스의 선택 및 이용에 관한 사항 [ ] 사전연명의료의향서의 효력 및 효력 상실에 관한 사항 [ ] 사전연명의료의향서의 작성·등록·보관 및 통보에 관한 사항 [ ] 사전연명의료의향서의 변경·철회 및 그에 따른 조치에 관한 사항 [ ] 등록기관의 폐업·휴업 및 지정 취소에 따른 기록의 이관에 관한 사항
	확인	위의 사항을 설명 받고 이해했음을 확인합니다. 년 월 일 성명 (서명 또는 인)
환자 사망 전 열람허용 여부	[ ] 열람 가능 [ ] 열람 거부	[ ] 그 밖의 의견
사전연명의료의향서 등록기관 및 상담자	기관 명칭	소재지
	상담자 성명	전화번호

본인은 「호스피스·완화의료 및 임종과정에 있는 환자의 연명의료결정에 관한 법률」 제12조 및 같은 법 시행규칙 제8조에 따라 위와 같은 내용을 직접 작성했으며, 임종과정에 있다는 의학적 판단을 받은 경우 연명의료를 시행하지 않거나 중단하는 것에 동의합니다.

작성일 년 월 일
작성자 (서명 또는 인)

등록일 년 월 일
등록자 (서명 또는 인)

유의사항

1. 사전연명의료의향서란 「호스피스·완화의료 및 임종과정에 있는 환자의 연명의료결정에 관한 법률」 제12조에 따라 19세 이상인 사람이 자신의 연명의료중단등결정 및 호스피스에 관한 의사를 직접 문서로 작성한 것을 말하며, 호스피스전문기관에서 호스피스를 이용하려는 경우에는 같은 법 제28조에 따라 신청해야 합니다.
2. 사전연명의료의향서를 작성하고자 하는 사람은 보건복지부장관이 지정한 사전연명의료의향서 등록기관을 통하여 직접 작성해야 합니다.
3. 사전연명의료의향서를 작성한 사람은 언제든지 그 의사를 변경하거나 철회할 수 있으며, 이 경우 등록기관의 장은 지체 없이 사전연명의료의향서를 변경하거나 등록을 말소해야 합니다.
4. 사전연명의료의향서는 ① 본인이 직접 작성하지 않은 경우, ② 본인의 자발적 의사에 따라 작성되지 않은 경우, ③ 사전연명의료의향서 등록기관으로부터 「호스피스·완화의료 및 임종과정에 있는 환자의 연명의료결정에 관한 법률」 제12조제2항에 따른 설명이 제공되지 않거나 작성자의 확인을 받지 않은 경우, ④ 사전연명의료의향서 작성·등록 후에 연명의료계획서가 다시 작성된 경우에는 효력을 잃습니다.
5. 사전연명의료의향서에 기록된 연명의료중단등결정에 대한 작성자의 의사는 향후 작성자를 진료하게 될 담당의사와 해당 분야의 전문의 1명이 모두 작성자를 임종과정에 있는 환자라고 판단한 경우에만 이행될 수 있습니다.

210㎜×297㎜[백상지(80g/㎡) 또는 중질지(80g/㎡)]

출처 : 국립암센터

목캔디는 그녀의 필수템

간호사가 상담을 해 줄 수 있는 분야는 다양하다.

병원 밖에서는 제약회사나 의료기기 판매 회사에 들어가서 제품에 대한 교육이나 상담을 할 수 있다. 병원 안에서도 상담 간호사가 필요한 곳은 많다. 건강검진 센터의 상담 간호사는 검사 전 준비 사항을 안내해 주거나 검사 후 결과에 대해 알려주는 일을 한다. 진료예약을 해 주는 상담간호사도 있다. 암 센터에서는 암 환자들의 식이 및 관리를 상담하고 교육해 주는 역할을 한다. 성형외과나 피부과, 치과, 정형외과 등 수술이나 시술이 필요한 곳에서 관련 상담을 하기도 한다. 대형 병원의 상담 간호사는 분야를 가리지 않고 환자와 보호자에 대한 상담 및 교육을 한다.

상담 간호사는 9 to 6를 하거나 7 to 4를 해서 3교대에 지친 간호사들이 선택을 하는 편이다. 그리고 간호사 스테이션이 아니라 상담실에서 자기만의 자리를 가지고 일을 한다. 일부 외근직들은 환자를 직접 찾아가기도 한다.

근무 시간이 일반인들과 비슷하고 사무직처럼 일을 하지만 상담 간호사들은 말을 많이 해야 해서 목이 자주 쉰다. 그리고 여러 사람들의 이야기를 듣고 또 제대로 이해시켜야 하는 고충도 있다. 이리저리 돌아다니면서 몸으로 일을 하는 시간이 적을 수 있는 반면 오히려 너무 앉아 있어서 엉덩이가 아플 지경이라고 하소연하는 상담 간호사들도 있다. 전화 상담을 하는 경우 얼굴 보며 말할 때와는 달리 거칠게 반응하는 환자나 보호자들도 종종 있다. 또 청력이 안 좋은 분들과 전화를 할 때는 제대로 의사소통을 하기 위해 많은 노력을 기울여야 한다. 환자나 보호자들의 궁금증은 다양하기 때문에 여러 과에 걸친 의료 지식이 필요하기도 하다.

상담 간호사 J는 병원장의 딸이라 불렸다. 아름다운 외모에 시술 상담을 했다 하면 성공시키는 화려한 말발을 가지고 있었다. 간혹 병원에서 환자나 보호자들이 시술 결과에 대해 불만을 품고 소란을 피우면 자신의 상담실에서 뛰어나와 적극적으로 상황을 정리하기도 했다. 병원장이 "자 오늘은 20명 채우자." 하면 어떻게든 그 수를 채웠다. J는 열정적으로 일을 하느라 목이 자주 쉬었고 목캔디를 늘 들고 다녔다.

때로는 J의 무리수가 동료들과의 트러블을 만들기도 했다. 어떻게든 한 사람이라도 더 시술을 받게 해야 하니 퇴근 무렵에도 스케줄을 잡았다. 그렇게 되면 시술 업무를 하는 부서에서는 퇴근도 못 하고 일을 해야 했으니 불만이 터져 나왔다. 그래도 병원의 수익을 만들어 주니 다들 어찌하지 못 했다. 그녀에게 뭐라고 할 수 있었던 사람은 병원장이 유일했다.

오랫동안 병원에 남아있을 거라 생각되었던 J는 어느 날 갑자기 그만두었다. 나중에 이야기를 들어 보니 같은 상담 간호사들끼리 다툼이 있었단다. 눈에 보이는 숫자로 실적 경쟁을 하다 보니 평소에 서로 협조를 잘 하지 않았다고 했다. 그러다가 병원장 지시로 업무를 조정할 일이 있었는데 상담 간호사들끼리 이견이 있었을 때 자신의 편을 들어줄 거라 생각했던 병원장이 그렇게 하지 않았단다. J는 실망감에 사직을 했다. 병원에서는 아까운 인재를 잃은 것이다. 주말에 퇴사를 한 J는 그다음 주 초에 다른 병원에 입사를 했다. 아쉬울 것이 없었던 퇴사였다.

3교대 근무에 지친 간호사, 체력적인 한계로 육체적 일을 줄이고 싶은 간호사는 상담직을 선택해 보는 것도 좋다. 다만 예상하지 못한 진상을 만나기도 하고, 실적에 시달리기도 한다. 말을 많이 해야 하며, 해당 분야뿐 아니라 다양한 의료 지식과 경험을 가지고 있어야 도움이 된다는 것을 알고 시작하면 좋을 듯하다.

더불어 목캔디는 꼭 챙기시길.

당신은 의사가 아니잖아?

후배 남자 간호사 H는 PA이다. PA(Physical Assistant) 간호사는 간호부 소속이 아니라 진료부 소속이다. 그래서 근무 평가도 의사에게서 받고 상사도 의사다. 병원에 따라 '전임 간호사' 혹은 '전담 간호사'라 부른다.

처음 경력을 병동에서 시작했던 H는 여자 간호사들 틈에서 견디기가 힘들었다. 그렇다고 남자 간호사들이 많이 선택하는 소방직에는 가고 싶지 않아 PA 직군을 뽑을 때 지원했다. PA 간호사의 업무는 간호대학교에서 배웠던 것들과는 달라 경력직이었지만 오리엔테이션을 다시 받고 일을 시작했다. H는 처음에는 새로운 분야를 배우게 되어 경력을 쌓는 데 도움이 될 거라 생각했단다.

하지만 시간이 흐를수록 자신이 저렴한 월급을 받으며 의사 일을 하고 있다는 것을 점점 깨달았다고 했다. 위계가 강한 의료계이다 보니 의사가 시킨 일을 안 하겠다고 할 수는 없었지만, 종종 '이 일을 왜 내가 하고 있지?'라는 의문이 들었다고 했다. 만약 업무를 거부한다면 의사가 불필요하고 과도한 업무를 지시하면서 괴롭힐 수 있기 때문에 내색을 할 수 없었다고 했다. 게다가 환자들이 "선생님은 의사예요? 아니예요?"라고 물을 때면 곤혹스러웠단다. 몇몇 환자들은 "당신은 의사가 아니잖아?" 하면서 은근히 무시를 했단다. PA 간호사 일을 한 지 1년이 지났을 무렵 H는 자신의 정체성에 대한 고민을 자주 토로했다.

도대체 PA 간호사들의 문제는 무엇일까?

의료법 제2조에서 간호사 업무에 대해 '의사, 치과의사, 한의사의 지도하에 시행하는 진료의 보조'라 규정하고 있으니까 PA 간호사가 자체가 불법이라고 할 수는 없다. 문제는 '진료의 보조'라는 개념이 명확하게 규정되어 있지 않다 보니, 의사가 해야 할 많은 일이 PA 간호사에게 손쉽게 떠넘겨진다는 데 있다.

- PA 간호사가 의사 개인의 아이디와 비밀번호로 병원 전산망에 접속해도 될까?
- PA 간호사가 약 처방 및 검사 처방을 내도 될까?

- PA 간호사가 수술 기록이나 수술동의서 작성을 해도 될까?
- PA 간호사가 간단한 집도를 하고 상처 드레싱 등의 수술 후 처치를 해도 될까?
- PA 간호사가 동맥혈 채취를 하고, 중심정맥관 제거를 해도 될까?
- PA 간호사가 인공호흡기 적용 및 분리를 해도 될까?

교과서적 대답은 모두 No!이다. 하지만 현장에서는 모두 Yes! 다.

PA 간호사가 아닌 나도 저 중에서 몇 가지 일은 하고 있다. 처음에 선배 간호사가 의사 일이라고 생각되는 것을 시켰을 때, 몇 번이고 되물었다. 내가 정말 그 일을 해야 하냐고. 선배의 대답은 한결같았다.

"하라면 하세요. 여기서는 다 해요."

그런데 왜 이런 일이 벌어지고 있는 것일까?

가장 큰 이유는 의사 수의 부족이다. 우리나라 인구 1,000명당 의사 수는 2010년에 2.05명, 2020년 2.49명으로 크게 변화가 없다. 게다가 한국의 의사 수는 OECD 국가들과 비교하면 여전히 적다.

국내에서는 면허의사 수를 많이 사용하지만 국제적으로는 활동의사 수를 주로 사용한다. 활동의사란 실제 환자진료 업무에 종사하는 의사를 말한다. 활동의사 기준으로 한국의 인구 1,000명당 의사 수는 서구 선진국들의 2/3 수준에 불과하다.*

이런 의사 인력 부족이 환자 안전을 침해하고 불법 의료 행위가 이루어지게 한다. 2017년 시행된 '전공의의 수련환경 개선 및 지위 향상을 위한 법률(전공의법)'이 시행된 이후 주당 최대 수련시간이 80시간으로 제한되면서 PA의 불법 행위는 더욱 가속화되고 있다. 전공의들이 해야 하는 업무까지 PA 간호사들에게 넘어온 것이다.

그다음 이유는 인건비이다. 많은 사람들이 알고 있듯이 의사들은 고액 연봉자이다. 반면 간호사들은 간호조무사들의 연봉과 뒤섞여 날이 갈수록 하향평준화되고 있다. 그러다 보니 병원 경영자의 입장에서는 비용 절감에 유리한 선택을 한다. 의사 일을 하면서도 간호사 페이를 받는 PA 간호사를 고용하게 되는 것이다.

다른 부분도 생각해 보자. PA 간호사가 의사 일을 하다가 의료사고가 나면 책임은 누가 져야 할까? 시키는 일을 한 PA 간호사일까? 자기 일을 떠넘기고 안 한 의사일까? 이 부분에 대한 논의는 아직 진행 중이다.

PA 간호사 문제를 해결하기 위한 여러 시도가 있기는 하다.

우선 의대 정원을 늘리려고 하는 것이다. 하지만 정부가 실행을 하려고 할 때마다 의사협회를 중심으로 한 의사 집단이 맹렬하

* 출처 : 보건복지부, 「보건복지통계연보」, 통계청, 「2020년 기준 장래인구추계」

게 반대를 하는 것을 우리는 여러 차례 보아왔다. 진료 거부, 삭발 투쟁, 단식 투쟁 등 국민을 볼모로 잡고 자신들의 이익만 챙기려 하고 있다.

그럼 PA 간호사를 양성화하면 어떨까? 정식 직책으로 인정하고 합당한 보상을 하며 전문적인 교육을 체계적으로 시키는 식으로 말이다. 얼마 전 서울대 병원에서 PA 간호사를 적극 양성하고 관리하겠다고 했다. 그러자 의료계의 다른 쪽에서는 의료체계를 무너뜨리고 의료의 질을 저하시키며, 젊은 의사들의 수련기회를 박탈한다고 이번에도 강하게 반발하고 있다.

이러지도 저러지도 못하는 사이에 불법과 합법을 오가며 일하는 PA 간호사들의 고된 하루는 계속 이어지고 있다. 의사가 아니지만 의사 일을 하면서.

비서 아니고 외래 간호사예요

외래 간호사이자 동기인 P는 매일 아침 빵집에 들렀다. 담당 의사가 아침 식사로 빵을 먹겠다고 해서였다. 그녀는 빵을 사기 위해 원래 근무 시간보다 훨씬 일찍 출근했다. 오후에는 의사의 휴식 시간에 커피를 타서 가져다주었다. 인사과나 총무과에 의사가 직접 제출해야 하는 서류도 대신 제출해 주었다. 한 주의 마무리 날에는 의사 가운이 세탁될 수 있도록 정리를 해주는 일도 했다. 진료실 안의 화분이나 꽃을 키우는 일도 했다.

"선생님, 내가 이런 일까지 해야 하는 거예요?"

P는 가끔 한숨을 쉬며 내게 하소연을 했다.

외래는 병원마다 다를 수 있지만 비교적 짧은 시간에 많은 환자들을 관리해야 한다. 대학병원에 가서 채 2분도 되지 않은 시간에 진료가 끝나는 것을 경험해 본 사람은 알 것이다. 외래 간호사는 근무 시간이 9 to 6이고 빨간 날 쉴 수 있다. (간혹 토요일이나 일요일 혹은 대체 휴일에 진료를 하는 병원도 있다.) 시간적인 장점 때문에 외래 근무를 신청하는 경우가 많다.

외래에서 일하다 보면 병원이 어떤 식으로 돌아가는지 빨리 익힐 수 있다. 환자들이 어떤 경로로 진료를 보러 오고, 입퇴원을 하고, 관련 서류를 받는지를 알 수 있기 때문이다. 또 밥을 5분만에 먹고 곧장 근무를 하는 병동 간호사들과는 달리 식사 시간 포함 1시간의 휴게 시간을 가질 수 있다는 것도 장점이다.

그러나 환자 회전이 빠르고 환자나 보호자와 말을 많이 해야 한다는 점, 각종 수당이 붙지 않아 페이가 적다는 점, 길어진 대기 시간 때문에 항의하는 사람들을 컨트롤해야 한다는 점 등은 단점이다.

보통 외래 간호사는 크게 두 가지 영역의 업무를 한다. 하나는 진료 접수 보조이고 다른 하나는 스테이션 업무이다.

진료 접수 보조는 진료 순서 정리, 진료 안내, 진료 보조, 검사 및 처방 설명을 한다. 스테이션 업무는 문의 전화 응대, 진료 예약 및 변경 등을 한다. 그 외에도 외래에서 할 수 있는 간단한 처치를 위한 약물 및 기구 관리, 오염물 관리, 진료실 소독 등을 한다. 특히 피부과, 정형외과 등은 간단한 처치를 진료실에서 할 수도 있기에 관련 업무도 한다. 또한 중간중간에 타과 협진 확인, 서류 발급을 위한 조정 등도 한다.

이런 것들은 간호사의 기본 업무라고 할 수 있는데, 간혹 간호사의 업무인지 비서의 업무인지 헷갈리는 일을 하게 되는 경우가 있다. 하지만 상명하복에 길들여져 온 많은 간호사들이 '좋은 게 좋은 거지 뭐.' 하며 지내고 있다. 빵 사다 주고 커피 타다 주고 옷 정리해 주는 것이 진료의 보조는 아닌데 말이다.

나는 P에게 의사의 잔심부름만 하기보다 간호사 본연의 업무를 더해 보는 것이 어떻겠냐고 제안을 했다. 오랫동안 기다려야 하는 환자들이나 보호자 등이 읽을 수 있는 교육 책자를 만들어 배포하고 설명해 준다던가 하는 일을 할 수 있을 것 같았다.

이후 P는 자신이 만든 자료로 환자와 보호자들을 교육하기 시작했다. 여전히 빵, 커피, 의사 가운 세탁 챙기기의 일은 하고 있었지만, 이전보다 훨씬 활기차 보였다.

간호사는 비서가 아니다. 간호사는 고유의 업무 영역을 가진 전문가들이다. 개인적인 일은 각자 알아서 했으면 한다.

페이크(fake)

'가짜, 거짓'이라는 의미의 페이크(fake). 간호사로서 일하는 나는 어쩌면 매일 '페이크'인지도 모른다.

대학 병원에 취직한 딸을 자랑스러워했던 아버지. 일한 지 얼마 안 되었을 때 아버지는 말도 없이 내가 일하는 병동에 오셔서 보고 가셨다. 신규 때라 이리 치이고 저리 치이면서 혼나고 있던 때라 내 가족이 나의 모습을 보는 것이 부끄러웠다. 나를 바라보며 흐뭇하게 웃고 있는 아버지를 아는 체도 안 하고 쌩!하니 지나쳤다. 그리고 그날 집에 가서는 "갑자기 오시면 어떻게 해요? 바빠서 아는 체도 할 수 없었잖아요."라며 거짓말을 했다. 사실 아버지가 간호사 스테이션이 보이는 곳에서 한참을 보고 가셨다는 것을 알고 있었고 아버지를 아는 체 못 할 정도로 바쁘지 않았다. 다만 내 모습에 자신이 없어서 아버지에게 반갑게 인사를 할 수 없었다.

간호가 서비스직이라며 무리한 요구를 하는 환자와 보호자들을 속으로는 욕하면서도 겉으로는 웃으며 응대하는 페이크도 한다. 진료나 치료를 위해 오래 기다린 사람들이 불평을 하면 속으로는 '저렇게 인내심이 없나? 저러니 병이 낫겠나.' 하고 못된 생각을 하면서도 겉으로는 미소를 짓는다. "아유~. 기다리는 게 힘드시죠. 몸도 아프신데. 너무 힘드시면 좀 편하게 쉬실 수 있는 공간으로 안내해 드릴까요?" 하며 공감하는 척한다. 페이크다.

성범죄를 저질러 전자팔찌를 차고 여러 명의 교도관과 함께 입원한 환자가 있었다. 그 방에는 들어가기도 싫고 그 환자의 몸을 만지는 것도 싫었다. 하지만 겉으로는 다른 환자 대하듯 했고 싫은 내색을 하지 않았다. 자기에게 무슨 주사를 준 거냐며 묻는 환자의 말에 대답도 하기 싫었지만, 상냥하고 나긋나긋한 목소리로 응대를 했다. 가식적 태도로 말이다.

간혹 동료들과 크고 작은 말다툼이 있을 때가 있다. 대부분 서너 마디 주고받다가 끝나지만 어떤 경우에는 꼭 이겨버려야겠다는 굳은 결심으로 이판사판 다투기도 한다. 이번에 밀리면 계속 밀리고 부당한 대우를 받게 될 것 같다는 생각이 들 때이다. 때로는 고성이 오가고 다른 사람들이 말리러 올 때까지 싸우기도 한다. 하지만 다툼의 끝은 "오해가 있었던 것 같다. 잘 해 보자." 이다. 사실 감정이 다 가라앉지 않았고, 상대방을 싸가지가 없다고 생각하는데도 입으로는 일단 휴전을 한다. 그리고 5분도 되지 않아 다시 말을 주고받으며 웃으며 일하기 시작한다. 페이크다. 속으로는 '너 잘못한 거 알지? 다음에 또 걸리면 가루를 내버릴 거야.'라고 이를 부득부득 갈고 있으면서 말이다.

응급 상황이 터지면 차분한 척하는 것도 페이크다. 아무리 여러 번 응급 상황을 겪었다 하더라도 일단 CPR이 터지면, 내 심장부터 벌렁거리고 손이 떨리고 머릿속이 하얘진다. '정신 바짝 차리자.'며 자신을 독려하고서 일부러 목소리도 더 낮춰 차분하게 만든다. 마음이 바쁘다고 일이 더 빨리 되는 것이 아니기에 바삐 달려가려는 마음에 고삐를 더 단단히 조인다. 하지만 낮아진 목소리와 차분해진 몸놀림과는 달리 내 마음속은 허둥대고 있고 공포에 질려있다. 그것을 들키지 않으려고 장막을 치고 있을 뿐이다.

고통에 몸부림치는 환자들, 소중한 사람을 잃어서 오장육부 뒤틀어지도록 울고 있는 가족들을 보면서 슬프지 않은 척한다. 나는 드라마나 영화에서 조금만 슬픈 장면이 나오면 수도꼭지에서 물이 나오듯 펑펑 울어서 주변 사람들이 놀릴 정도다. 아니 도대체 뭐가 슬프냐고 이해가 안 간다면서. 그렇게 눈물이 많아도 병원에서는 웬만하면 울지 않는다. 간호사인 내가 감정에 휩싸여 이성의 끈을 놓으면 일을 할 수 없기 때문이다. 너무 슬퍼 눈물이 올라오면 두 눈을 더 부릅뜨고 입술을 깨물고 일을 한다. 눈물이 나도 모르게 스스로 볼을 타고 내릴 때도 있다. 그래도 쓰윽 닦아내고 다시 일에 몰두한다. 이런 내가 참 냉정하고 매몰차 보였나 보다. 사람들이 내게 차갑다는 말을 많이 했다. 그것이 이성과 감정을 분리하지 않으면 내가 견딜 수 없으니 겉으로는 더 차갑게 굴어서 그랬던 것 같다.

환자들 중에서도 인간적으로 끌리는 사람이 있다. 성품에서 나오는 향기가 느껴진다든가, 살아온 이력이 끌린다든가, 삶의 풍파에 연민이 느껴진다든가 하는 경우다. 하지만 그런 경우에도 내색을 하지 않는다. 괜히 마음의 곁을 주었다가 환자 상태가 안 좋아지면 내 마음이 다칠까 봐, 그 환자들이 떠나가고 나면 우울의 심연으로 떨어질까 봐. 말 한마디 더 하고 싶고 한 번 더 들여다보고 싶은 마음도 절제를 한다. 이것 역시 페이크다.

매일매일 나 자신을 가리고 속이며 사는 삶.

나는 나쁜 생각도 많이 하고, 속으로 욕도 많이 한다. 무서움과 눈물도 많다. 말 붙이기 싫은 사람도 있고 더 다가가고 싶은 사람도 있다. 하지만 간호사 유니폼을 입는 순간 진짜 나는 유니폼 뒤쪽으로 밀어 넣는다. 그리고 페이크가 나서서 일을 한다.

나쁜 페이크든 좋은 페이크든 모두 나의 모습이기는 하다. 대부분의 사람들이 공적인 자리와 사적인 자리에서의 모습이 다르듯

나 또한 그러하다. 페이크를 사용하는 목적은 하나이다.

더 나은 간호를 수행하기 위해서.

fake

에필로그

20대 중반의 어린 나이에 백의의 천사가 되겠다는 꿈이 무참히 짓밟힌 채 병원을 뛰쳐나왔다. 다시는 돌아가지 않겠다는 선언과 함께. 그러나 세월이 흘러 생계가 막막했을 때 월급이라는 단비를 내려준 것은 간호사 면허증이었다.

다시 돌아간 병원은 15년 전과 별반 다르지 않았다. 전문 의료 지식과 기술을 장착하고 온갖 일을 하면서 무한 서비스를 제공해야 하는 것이 똑같았다. 의사 월급의 5분의 1도 안 되는 정도를 받으면서 말이다. 우리의 권리를 찾아보겠다고 목소리를 내면 간호사나 간호조무사나 거기서 거기인데 기왕이면 경영에 도움이 되는 조무사를 쓴다는 분위기도 똑같았다.

코로나가 한창일 때 '당신들 덕분에'라며 엄지 손가락을 치켜세웠던 사람들은 우리가 처우 개선을 말하면 그 엄지를 땅으로 향하게 한다. 그동안 쌓인 삶의 연륜은 더 이상 간호사라는 직업을 아프게만 바라보지 않게 하지만, 간간히 목구멍 밖으로 튀어나오는 울화통은 결국 글을 쓰게 만들었다. 나와 내 동료들이 있는 이 현장이 조금이라도 나아지기를 바라면서.

"여자 나이 50에 자기 전공 살려가며 일하기가 쉬운 줄 알아? 배부른 소리하네."
"우리 병원은 해고란 없으니 오래오래 다니세요."

내가 일이 힘들다고 하면 주변 사람들이 하는 말이다. 맞다. 내가 가진 면허증은 어쩌면 황금 면허증일 수 있다. 그 면허증 위에 세월과 경험을 조금씩 쌓아가고 있다.

이 책에서 소개한 소소한 에피소드들이 간호직을 꿈꾸는 이들에게는 길라잡이가 되기를 빈다. 현장 곳곳에서 일을 하고 있는 간호사들에게는 위안의 메시지가 되기를 빈다. 그리고 일반인들에게는 감히 간호사들을 더 많이 이해해 달라고 요구하는 단초가 되기를 빈다.

여름에 시작한 원고 쓰기는 가을이 지나 겨울까지 왔다. 나의 이야기에 어떤 이들은 공감하겠지만 어떤 이들에게는 불편함을 느낄 수 있음을 안다.

비록 부족한 글이지만, 간호사들과 간호계에 작은 도움이라도 되었으면 좋겠다는 마음으로 글을 마무리한다.

겨울의 초입, 창가에서

fake

부록

당신의 궁금증을 풀어 드립니다

Q

입원을 했는데
간호사 얼굴 보기가 왜 이리 어려운 걸까?

입원을 해서 24시간 병원에 있는데 간호사들 얼굴 보기는 쉽지 않다. 필요한 것이 있으면 벨을 누르라고 하더니, 호출 벨을 눌러도 “예, 갈게요.” 해 놓고 나타나지도 않는다. 간호사들의 일은 그냥 주사나 놓고 힘들어하는 환자나 보호자를 쓰다듬으며 위로나 하는 것이 전부일 것 같은데 말이다. 도대체 병동 간호사들은 무슨 일을 하길래 바쁜 것일까?

우리나라에서 병동 간호사가 담당하는 환자의 수는 선진국 기준에 한참 못 미친다. 미국의 경우 간호사 1명당 5명 정도의 환자를 맡는 반면, 우리나라는 그 수를 훨씬 넘는 환자들을 맡는다. 이런 시스템 속에서는 환자들에게 제공할 수 있는 간호의 질이 낮아지는 것은 당연한 일이다.

병동 간호사가 담당하는 환자의 수는 어떤 일의 방식을 택하고 있는가에 따라 조금씩 다르기는 하다.

차지 간호사(charge nurse)라는 중간급 간호사와 액팅 간호사(acting nurse)라는 그보다 연차가 낮은 간호사가 짝을 이루어 팀으로 일하는 경우에는 30~40명의 환자를 한꺼번에 맡는다. 때로는 액팅 간호사가 한두 명 더 추가되어 일을 하기도 한다. 이렇게 팀을 이루어 일하는 경우 손발이 잘 맞으면 편하다. 하지만 일이 느리고 서툰 액팅 간호사와 팀이 되거나 아무리 바빠도 입으로 시키기만 하고 도와주지 않는 차지 간호사와 팀이 되면 그날은 몸 고생, 마음 고생을 하게 된다. 서로 너무 손발이 안 맞는 간호사를 '내 인생의 로또'라고 부르기도 한다. 안 맞아도 너무 안 맞는다고 말이다.

혼자 차지 업무와 액팅 업무를 다 하는 경우에는 10명에서 20명 가까이의 환자를 담당한다. 마이 페이션트제는 한 명의 간호사가 환자 상태에 대해 전체적으로 파악한 상태에서 처음부터 끝까지 책임지고 적절한 간호를 제공한다는 이점이 있다.

그런데 이 한 명의 간호사가 독립적으로 일을 할 수 있도록 하기 위해서는 충분한 훈련이 필요하다. 이를 위해 병원들은 교육 간호사 혹은 프리셉터 간호사를 두어 간호사 훈련의 질적 향상을 도모하고 있다.

병동의 간호사는 환자가 입원하고 있는 동안의 모든 생활을 케어한다고 생각하면 된다. 입퇴원, 투약, 검사(시술, 수술) 전후 간호 및 조율, 환자 및 보호자 교육, 물품 관리, 기록, 관련 행정 업무 등을 한다. 간혹 병동에서 가슴이나 복부에 관을 꽂거나 큰 정맥 혈관에 바늘을 꽂는 등의 시술이 이루어질 때는 시술물품 준비부터 보조 그리고 시술 이후 정리까지 해야 한다. 수술이 많은 외과계 병동은 수술 부위 관리 및 관찰, 회복을 돕기 위한 운동 처방 수행 등도 한다.

요즘은 병원마다 보호자나 간병인이 없어도 되는 간호간병병동을 운영하는 곳이 점점 늘고 있다. 간호간병병동의 경우는 더욱 환자에게 밀착된 케어를 해 주어야 한다. 식사 돕기, 개인위생 유지 돕기, 이동 돕기 등 이전에 보호자나 간병인들이 하던 일까지 다 해 주어야 한다.

병문안도 잘 오지 않던 가족들이 나타나서는 간헐적 효자 효녀가 되는 경우가 있다. 오랜만에 나타나서 "이건 왜 이러냐? 저건 왜 저러냐? 환자를 저렇게 두면 되냐? 이 병원은 이것도 안 해주네, 저것도 안 해주네." 하면서 불평불만을 한다. 그런 불평불만을 들어주고 일차적으로 해결하는 것도 간호사가 하는 일이다.

이제 좀 이해가 되었을까? 비싼 입원비 내고 병원에 있는데 왜 간호사들 얼굴 보기가 힘든지, 호출 벨을 누르면 후다닥 달려와 주기를 바라는데 간호사들은 왜 함흥차사인지 말이다.

Q

간호사들은 왜 새벽에 부산을 떠는 걸까?

병원에 입원한 환자들은 갑자기 바른 생활맨이 되어야만 한다. 특별한 경우가 아니면 밤 10시경에 병실과 복도의 불이 꺼지고 잠을 자라고 한다. 평상시에 일찍 자는 습관이 있는 사람들은 괜찮겠지만, 올빼미 습성을 가진 사람들은 잠이 오지 않아 뒤척거리다가 겨우 잠이 든다.

그런데 새벽 4시와 5시에 사이가 되면 간호사들이 달그락달그락 소리를 내고 병실 불을 환하게 켜서 잠을 못 자게 만든다. 도대체 왜 그러는 것일까?

밤번 간호사의 인계 준비와 아침 회진 시 의사에게 알려주기 위한 데이터 확보 등을 하기 때문이다. 밤번 간호사는 인계를 위해 환자의 기본적인 상태 – 활력 증상, 체중, 섭취량과 배설량, 아침 혈당 수치 등 – 를 확인해 두어야 한다. 오전에 들어갈 수액 등을 연결하고 각종 피검사를 해서 검사실에 보내야 한다. 몇 시간 후 결과치가 나와 있어야 낮번 간호사가 의사에게 알려줄 수 있기 때문이다. 그 결과치를 토대로 의사는 하루 동안의 환자 치료 방향을 정할 수 있다. 여기에 외과계 병동의 경우는 오전 수술자들을 위한 준비를 어느 정도 해야 한다.

그래서 새벽이 되면 간호사들은 청진기, 혈압계, 혈당기, 산소포화도 측정기, 수액, 검사용기와 주사기 등을 가지고 다니며 부산스럽게 일을 한다.

곤히 자고 있다가 갑자기 병실 문을 열고 불을 켜면 "에이씨, 자는데 문을 벌컥벌컥 열고 그래요?" 하면서 화를 내는 환자들이 가끔 있다.

간호사들이 단잠을 방해하려고 일부러 그런 것이 아니고 그 시간대에 해야 할 일이 산적해 있어서 그럴 수밖에 없음을 이해해 주었으면 한다.

Q

병원에 있는 그 많은 물품은 어디서 오는 걸까?

병원에서는 수많은 멸균 물품들을 사용한다. 이 멸균 물품들은 주로 어디에서 준비해 오는 것일까?

답은 중앙공급실이다.

전 세계적으로 감염관리의 중요성이 점점 커지고 있기 때문에 중앙공급실의 역할도 점차 커지고 있다. 멸균 물품들에는 의료기구들도 있지만, 환자복이나 이불 등의 리넨류도 있다.

모든 물품들이 중앙공급실에서 오는 것은 아니다. 간단한 물품들의 세척 및 소독은 병동 별로 소독기를 비치해서 하기도 한다. 특히 수술실 같은 곳은 자체적으로 멸균 물품을 소독하고 관리하는 경우가 많다. 내시경실과 같은 곳도 자체 소독기를 가지고 있다.

중앙공급실은 각종 평가 및 인증기준을 준수하면서 세척과 멸균 과정을 진행한다. 거의 모든 물품과 도구, 장비 등이 이곳에서 수십 단계의 멸균 과정을 거쳐 다시 병원 곳곳으로 공급된다.

부서마다 수거용 박스를 비치해 주고 사용한 물품을 모아 두었다가 목록과 함께 중앙공급실로 전달하는 병원도 있다. 반면 중앙공급실 인원이 각 부서를 돌아다니며 물건을 수거해 오는 병원도 있다.

중앙공급실 안에서 빨간색 바닥은 오염 구역, 파란색 바닥은 준청결 구역, 초록색 바닥은 청결 구역이다. 서로 분리해 병균의 이동을 막는다.

중앙공급실의 업무 진행을 살펴보자.

수거된 물품은 먼저 세척을 한다. 오염된 물질을 씻어내고 1차 건조를 시키는 과정이라 오염 구역에서 이루어진다. 1회용 가운과 마스크, 장갑, 신발을 착용한다.

준청결 구역에서는 수술용 가운 등을 입고 세척과 건조 작업이 끝난 물품을 종류대로 나눠 포장을 한다. 포장한 곳에 유효 기간이 표시되는 특수 테이프도 붙인다. 천으로 된 리넨류를 멸균하기 전에 개어 포장하는 일도 여기서 한다.

포장된 물품들은 바셀린·오일류는 건열 멸균기, 리넨·기구·세트류·캔류는 스팀 멸균기, 호흡기 관련 장비·미세수술기구 등은 저온 멸균기, 카메라·PVC 등은 E·O가스(Ethylene Oxide Gas) 멸균기에 나뉘어져 들어간다.

E·O가스 소독은 열과 습기에 약한 물품 소독에 사용하는데 일회용 주사기 포장지에 보면 'E·O가스 소독'이라고 되어 있는 것이 그 때문이다. E·O가스는 인체에 해롭기에 일부 제한된 인원만이 E·O가스 멸균실에 들어가 작업을 한다.

이렇게 멸균 과정을 마친 물품들은 청정 구역의 물품대에 보관되었다가 필요한 곳으로 내보내진다.

중앙공급실의 작업은 분업화되어 있기 때문에 기계의 한 부품처럼 자신이 맡은 일만 잘 해내면 된다. 환자나 보호자 응대를 하는 것이 어려운 성향의 사람들에게는 딱 알맞은 부서라고 할 수 있다.

Q

수액줄에 있는 공기가 몸에 들어가면?

수액을 맞다 보면 공기 방울이 라인을 따라 내려오는 것을 볼 때가 있다. 한두 방울 있는 것도 신경 쓰이는데 여러 방울이 연달아 보이면 영 찝찝하다. 주변에서 "공기가 몸속으로 들어가면 죽는다."라는 말을 해 주기도 한다. 그래서 간호사를 불러 이야기하면 손이나 가위로 톡톡 쳐서 없애주는 사람도 있고, "저 정도는 괜찮아요." 하는 사람도 있다. 과연 뭐가 맞을까?

환자나 보호자들이 걱정하는 것은 혈관을 통해 들어온 공기가 심장이나 주요 동맥을 막아 사망에 이르게 하는 '공기색전증'에 대한 것이다. 그러나 혈관으로 들어온 공기는 폐에서 숨을 쉬면서 걸러진다. 또 일반적으로 체중 1kg에 3~8cc의 공기가 한꺼번에 들어가야 위험해진다고 한다. 체중이 60kg이라면 480cc 정도의 많은 양이다. 이 정도로 많은 양의 공기가 한 번에 들어가는 일은 거의 없다.

수액을 다 맞고 나서 수액병이나 수액팩에 있는 공기가 들어가는 것을 걱정하는 사람들도 있다. 이 또한 걱정할 것이 없다. 우리 몸에는 중심정맥압이라는 압력과 각 혈관의 저항이 있어서 공기가 몸속으로 밀려 들어가지 못하게 한다. 이것 때문에 수액을 다 맞고 나면 오히려 혈관 쪽의 압력이 공기 압력보다 세서 혈액이 수액줄로 역류되어 나오는 것을 볼 수 있다.

결론적으로 수액줄에 있는 공기 방울이 몸속으로 들어가는 것은 크게 걱정할 것이 못 된다.

Q

X-ray를 자주 찍으면?

X-ray는 영상의학 검사 중의 하나이다. 영상의학 검사에는 X-ray 외에도 CT, PET CT, MRI 등이 있다. 그중 X-ray를 가장 많이 찍는다.

X-ray 1회 촬영 시 조사되는 방사선량은 흉부 X-ray의 경우 0.1mSv 정도, 유방 촬영은 0.7mSv로 적다. 하지만 보다 정밀한 검사를 위해 실시하는 CT의 방사선량은 10~25mSv로 X-ray의 100배 이상이다. 암의 영상 진단 방법 중 가장 초기에, 가장 정확하게 암을 찾아내는 최첨단 검사방법인 PET-CT의 경우 방사선량은 일반 CT보다 1.5배 정도 높다. MRI는 자기장을 이용하는 것이므로 방사선과는 관련이 없다.

방사선은 1급 발암물질이다. 피폭되는 방사선량에 따라 의견이 엇갈리기는 하지만 검사와 의료용으로 50mSv 이내로 권고하고 있다. 이 수치는 CT나 PET-CT를 몇 번만 촬영하면 넘어선다. 암이 없었는데 여러 번의 CT나 PET-CT 등 영상진단검사를 받으면서 생겼다라는 말을 하는 이유가 이것 때문이다.

따라서 영상의학 검사는 지나치게 받으면 좋을 것이 없다. 의사의 처방에 따라 필요한 정도만 촬영하면 된다.

Q

병원에서는 빨간 약을 많이 쓸까?

우리가 흔히 상처 부위에 발라야 하는 것으로 알고 있는 빨간 약은 포비돈 요오드(베타딘, 아이오딘)이다. 포비돈 요오드는 곰팡이, 세균, 바이러스 등 광범위한 균에 항균 작용을 하고 효과도 빠르며 마른 후에도 효과가 탁월하다. 그래서 병원에서는 멸균 상태가 잘 유지되어야 하는 수술이나 시술 혹은 균 배양 검사를 위한 소독을 할 때 포비돈 요오드를 쓴다. 하지만 강한 산성이 세포막을 깨뜨리게 되므로 반복적으로 사용하면 요오드가 전신으로 흡수되어 갑상선 호르몬 이상 등이 올 수 있다. 그래서 병원에서는 빨간 약의 사용과 함께 다양한 소독제를 활용한다.

대표적인 것이 알코올과 과산화수소이다.

알코올은 상처가 있는 피부나 점막에는 사용하지 않는다. 의료용 알코올은 에탄올로 술 성분과 같다. 그래서 간혹 술꾼 환자들이 소독용 에탄올 솜이 들어 있는 캔을 소주잔처럼 들어 올려 입에 대려는 행동을 취하기도 한다. 알코올은 세포의 지질벽을 깨뜨리기 때문에 반복적으로 사용하면 손이 거칠어진다.

과산화수소수 역시 피부 자극이 심해서 열린 상처 소독에 잘 쓰지 않는다. 상처 난 곳에 부으면 부글부글 거품이 나면서 심한 따가움을 느끼게 한다. 엉겨 붙은 피나 죽은 조직을 떼어낼 때, 혀의 백태 제거 등에 사용한다. 환의나 이불 등에 피가 묻었을 때도 닦아내는 용도로 사용한다.

요즘 병원에서는 클로로헥시딘의 사용을 늘리는 추세이다. 클로로헥시딘은 피부 자극이 적고 광범위한 소독 효과를 지녔으면서도 안전하다고 알려져 있다. 구강청결제로 많이 쓰이는 리스테린(listerine)에 들어 있는 성분이기도 하다. 상품명으로는 헥시디놀, 세네풀 등이 있다. 다만 단가가 좀 비싼 편이다.

그래서 "병원에서는 빨간 약 많이 쓸까?"에 대한 답은 "예전만큼 많이 쓰지는 않는다."이다.

Q

엄마는 불주사 맞았다는데 그게 뭘까?

지금의 50~60대 이상, 그들이 초등학생 시절인 70년대에는 결핵 예방 백신 접종(BCG)을 어깨에 했다. 당시는 어려운 시절이었고 지금처럼 일회용 주사기가 보급되어 있지 않았다. 그래서 유리 실린지에 바늘이 있는 주사기를 사용했다. 유리 실린지와 바늘은 일회용이 아니다 보니 사용할 때마다 바늘을 알코올램프에 가열해서 소독했고, 그래서 '불주사'라는 이름이 붙여졌다.

대부분 초등학교 시절에 접종을 받은 불주사는 어깨 위에 조금 큰 흉터를 남겼다. 이때의 방식은 피부 아래 지방 부위에 놓는 피하 주사였다.

불주사를 맞는 날이면 학교 이곳저곳이 시장통이 되었다. 무섭다고 울고불고하는 아이들, 안 맞겠다고 도망가는 아이들, 그 아이들을 달래고 얼러서 주사 맞게 하는 선생님들과 의료진들…….

불주사는 1988년 이후 1회용 주사기가 도입되면서 거의 사라졌다. 1회용 주사기를 사용해서 어깨에 놓는 방식은 같았으나 흉터의 크기는 좀 줄어들었다. 이때도 피하주사였다.

1993년 이후부터 지금까지는 피부에 약을 바르고 9개의 바늘 주사 도구로 두 번 눌러 주는 방식으로 바뀌었다. 부위는 팔뚝이다. 이 주사 방식은 피부주사이다. 생후 4주 이내의 영아를 대상으로 접종을 하기 시작했다.

BCG 백신 접종의 변천사가 이러하니 어깨와 팔뚝만 봐도 대략의 연령대를 알 수 있다.

엄마가 맞은 불주사는 '결핵 예방 백신 접종(BCG)'이다.

Q

할머니, 할아버지는 왜 자꾸 마이신만 찾으실까?

마이신은 항생제(antibiotics)이다. 이름에서 알 수 있듯이 '생물(biotic)'을 '반대하는, 죽이는(anti)' 것이다. 이 이름은 미국의 농학자 왁스먼이 지었다. 그는 자연에 있는 미생물이 자신의 생존에 방해되는 다른 미생물과의 생존 투쟁 중에서 화학 물질을 내뿜는다는 것을 알고 '항생 물질(antibiotic)'라는 이름을 붙였다. 그는 흙 속의 미생물들을 뒤지다가 1943년에 자연산 항생제인 스크렙토마이신을 얻었다. 이 스트렙토마이신은 당시 큰 문제였던 결핵에 효과가 좋았다.

한때 우리나라의 결핵 환자 수가 160만 명에 이른 적이 있다. 한국 전쟁 이후의 심각한 영양 부족, 위생 불량, 약의 부족이 원인이었다. 콜록콜록거리다 피를 토하게 되고 결국 삐쩍 말라 사망하게 되는 결핵은 공포의 병이었다. 그러다가 스크렙토마이신을 포함한 결핵약을 먹은 환자들이 눈에 띄게 좋아진 것을 본 사람들에게 '(스트렙토)마이신'은 만병통치약으로 각인되었다.

그래서 할머니 할아버지들은 어디 아프다 하면 마이신만 찾으시게 된 것이다. 어른들이 마이신을 사랑해서 자꾸 사다 드신 것은 2000년에 의약분업 때까지 이어졌다. 그전에는 항생제를 의사 처방이 없이도 약국에서 살 수 있었는데, 의약분업 이후로는 마음대로 항생제를 구입할 수 없게 되었다. 무분별한 항생제 남용을 막을 수 있는 좋은 조치였다.

사실 항생제는 '-마이신', '-실린', '세파-', '-놀론' 등 다양한 계열이 있다. 하지만 할머니 할아버지들의 만병통치약은 여전히 '마이신'이다.

할아버지, 할머니들이 자꾸 마이신만 찾으시는 이유는 결핵에 탁월한 효과를 냈던 스트렙토마이신을 만병통치약으로 생각하시기 때문이다.

Q

혈액형이 다른 피를 맞으면?

혈액형이 다른 피를 맞지 못하는 이유는 적혈구 항원-항체 반응 때문이다. 적혈구의 표면에는 면역반응을 유발하는 적혈구 항원이 존재한다. 250여 개 이상의 적혈구 항원이 있지만, 그중 격렬한 용혈 부작용을 일으키는 ABO, Rh 항원을 중심으로 혈액형을 나누는 것이다.

A형 혈액에는 A형 항원이 있고 B형 혈액에 반응하는 anti-B 항체가 있다.

B형 혈액에는 B형 항원이 있고 A형 혈액에 반응하는 anti-A 항체가 있다.

O형 혈액에는 항원이 없고, A형과 B형 혈액에 반응하는 anti

A와 anti-B 항체가 있다.

AB형 혈액에는 A형 항원과 B형 항원이 있고, 항체는 없다.

ABO 혈액형 옆에는 A+, A-, B+, B-와 같이 +, - 표시가 있는데, 이것은 ABO 타입을 다시 세분화해서 Rh 항원이 있는지(Rh+) 없는지(Rh-)를 표시한 것이다.

항원이 몸에 들어왔는데 항체가 있으면, 혈액세포를 깨어버리는 용혈반응이 일어난다. (O형 피에는 항원이 없어서 정 급하면 어떤 혈액형이든 상관없이 줄 수는 있다. 실제로 1차 대전 때 혈액이 부족하면 O형 혈액으로 일단 응급처치를 했다고 한다.)

이 용혈반응은 세포에 국한되지 않고, 전신에 염증반응을 일으키면서 여러 장기의 기능 저하가 일어난다. 신장과 폐와 같은 중요한 장기의 상태가 나빠지면 사망에 이를 수 있다.

그래서 수혈을 하기 전에 여러 단계의 확인 과정을 거친다. 그리고 매우 신중하게 수혈을 한다.

일단 처음 수혈을 할 때는 15분 동안 15~20방울(1cc 정도)만 넣는다. 아낙필락시스 반응이라는 강한 항원-항체 부작용과 용혈 반응이 15분 내에 일어나기 때문이다. 그래서 발적, 두드러기, 발열, 호흡곤란, 저혈압, 빈맥(맥박이 빨리 뜀), 구토, 구역질, 복통, 흉통 등의 부작용이 나타나면 수혈을 즉시 중단한다. 그와 함께 우리 몸의 소금기와 농도가 같은 0.9% 생리식염수를 혈관으로 넣어 희석시킨다. (우리 몸의 소금기와 다른 수액을 넣으면 세포가 깨진다.) 동시에 혈액 검사, 소변 검사, 활력 증상 등을 계속 확인하고 증상에 따른 약물 주입 등의 처치를 하게 된다.

"혈액형이 다른 피를 맞으면?"에 대한 대답은 "잘 대처하면 살고 잘못하면 죽는다."이다.

Q

진료 결과를 전화나 이메일로 받으면 안 되나?

간혹 여러 가지 개인사로 병원에 방문할 시간이 없는 경우가 있다. 그래서 검사 결과나 치료 경과를 전화로 알려달라고 하는 경우가 있는데, 병원에서는 알려줄까?

의료법 19조를 먼저 보자.

> 의료법 제19조 정보 누설의 금지
>
> ① 의료인이나 의료기관 종사자는 이 법이나 다른 법령에 특별히 규정된 경우 외에는 의료·조산 또는 간호업무나 제17조에 따른 진단서·검안서·증명서 작성·교부 업무, 제18조에 따른 처방전 작성·교부 업무, 제21조에 따른 진료기록 열람·사본 교부 업무,

제22조 제2항에 따른 진료기록부등 보존 업무 및
제23조에 따른 전자의무기록 작성·보관·관리 업무를 하면서 알게 된 다른 사람의 정보를 누설하거나 발표하지 못한다.
[개정 2016.5.29]

검사 결과나 치료 경과를 전화로 확인하는 것에 대해서는 의료법령에 의하여 구체적으로 나와 있지는 않다. 하지만 환자의 개인정보(진료 정보)가 타인에게 누설될 가능성이 있기 때문에 일반적으로는 해 주지 않는다. 의료법 제19조 정보 누설의 금지 조항에 근거한 것이다.

다만, 병원에서 환자 본인임이 확인되고, 그에 따른 책임을 지겠다고 하면, 알려줄 수는 있다. 하지만 전화로 알려 달라는 것을 병원에서 거절했다고 해도 의료법을 위반한 것으로 보지는 않는다.

결론은 전화로는 검사 결과나 치료 경과 등을 알려 주지 않는 것이 원칙이다.

그럼 검사 결과나 치료 경과 등의 진료 기록을 방문하지 않고 받을 수 있는 방법은 없을까?

2019년 10월 16일 보건복지부에서 발간한「진료 기록 열람 및 사본 발급 업무 지침」을 보자.

온라인 본인인증 가능(시행규칙 13의 3⑤)

친족 또는 환자(법정대리인을 포함)가 환자 또는 본인에 관한 기록의 열람이나 그 사본의 발급을 요청하는 경우에 그 요청자는 신분증의 제시 또는 신분증 사본의 제출을 갈음하여 다음 각 호의 방법으로 본인확인

1. 휴대전화를 통한 본인인증 등 「정보통신망 이용촉진 및 정보보호 등에 관한 법률」 제23조의3에 따른 본인확인기관에서 제공하는 본인확인의 방법
2. 「전자서명법」 제2조제3호에 따른 공인전자서명 또는 같은 법 제2조 제8호에 따른 공인인증서를 통한 본인확인의 방법

진료기록부는 기본적으로 환자 본인확인을 한 이후 발급해야 한다. 그런데 2019년 발간된 지침을 보면 신분증 확인 등 고전적인 방식 외에 '온라인 본인인증' 또한 가능하다고 명시했다. 즉 휴대폰이나 공인인증서를 이용한 인증을 한다면 병원 방문을 하지 않고도 원하는 기록물을 우편, 팩스, 이메일 등으로 받을 수 있다. 다만 문서의 내용이 유출되지 않도록 각 병원들이 주의해야 한다.

"진료 결과를 전화나 이메일로 받으면 안 되나?"에 대한 답은 "전화로는 어렵지만 이메일은 가능하다."이다.

Q

중환자실 간호사가 하는 일은?

중환자실은 내과 중환자실, 외과 중환자실, 신생아 중환자실 등이 있다. 중환자실 간호사가 담당하는 환자의 수는 일반 병동 간호사에 비해서는 적다. 보통 2~4명의 환자를 보는데 병원마다 차이는 있다.

중환자실은 환자의 상태가 좋지 않기 때문에 병동에서 잘 보지 못 하는 첨단 의료기기들이 많다. 환자 상태가 중할수록 달고 있는 것들의 종류도 늘어난다.

기본적으로 중환자실에서는 환자의 바이털 사인과 산소포화도 등을 자동으로 체크하고 모니터해서 보여주는 기계를 단다. 간호사는 환자의 모니터를 수시로 확인하면서 상태 파악을 해야 한다. 환자 상태에 이상이 있으면 모니터 알람이 울리기도 하는데 그때는 원인을 파악하여 적절한 조치를 취해 주어야 한다. 그 외에도 각종 혈관 라인, 소변 라인, 투석기기, 체외 순환 장치 등을 수시로 확인하고 관리해 주어야 한다.

여기저기서 기계 알람음이 울리고 24시간 불이 켜져 있기 때문에 환자들은 잠을 잘 이루지 못해서 '중환자실 증후군(ICU syndrome)'이란 일시적인 정신질환을 앓기도 한다.

대부분의 환자들이 기도에 관을 삽입하고 있기에 기도관 관리도 해 주어야 한다. 기도관에 낀 가래 등을 뽑아주고 주기적으로 소독을 해주어야 한다. 또 환자들이 기도관 삽입으로 말을 제대로 못 하기 때문에 더 세심한 의사소통을 해야 한다.

의식 상태도 자주 확인해야 한다. 의식이 명료한지, 혼란스러워하는지, 헛것을 보고 있지는 않은지, 완전히 의식 불명 상태인지도 주기적으로 체크해야 한다. 또 장기간 누워 있음으로 인해 생기는 근육의 손실, 관절의 경직, 욕창의 발생 등에 대한 간호도 집중적으로 한다.

중환자실에 온 환자들은 상태가 좋아져서 일반 병동으로 다시 가기도 하고, 임종을 맞기도 한다. 다른 어떤 부서보다도 전문성과 책임감이 필요한 부서이다.

Q

수술실 간호사가 하는 일은?

수술실 간호사들의 주요 업무는 수술에 필요한 물품을 준비하고 수술과정에 참여하여 돕는 것이다. 모든 과정은 멸균 상태에서 이루어져야 한다.

수술실은 트레이닝 기간도 긴 편이고 어느 정도 연차가 쌓여야 밤 근무를 할 수 있다. 밤에 이루어지는 수술은 응급 상황이 많기 때문이다. 수술의 범위와 분야는 워낙 다양하기 때문에 그에 맞게 조금씩 다른 내용을 교육받아야 한다.

출근을 하면 일단 수술방 점검을 한다. 수술에 필요한 물품들이 제대로 준비되어 있는지 확인하고 제대로 되어 있지 않다면 수술 시작 전까지 채워 두어야 한다. 수술 기계들이 제대로 작동하는지 여부도 확인해야 한다. 또 소독 티슈 혹은 소독약을 이용해 수술방을 깨끗하게 준비해 두어야 한다.

환자가 수술실에 도착하면 환자 확인을 해야 한다. 환자 확인의 과정에는 금식이 제대로 유지되었는지, 틀니를 끼고 오지는 않았는지, 귀금속 등을 몸에 지니고 오지는 않았는지, 혈액을 맞을 예정이라면 혈액 준비는 되어 있는지 등 많은 일들이 포함된다.

마취가 된 후에는 소독 간호사(scrub nurse)와 순환 간호사(circulating nurse)의 일로 나뉘게 된다.

소독 간호사는 수술 전반에 참여하는데 의사의 가운 착용을 돕는 것에서부터 수술 물품 건네주기, 수술이 다 끝난 후 수술 물품 카운트하기 등을 한다. 수술 물품 카운트는 거즈나 수술 기구 등이 몸에 남아 있지는 않도록 확인하는 과정이다.

수술 물품을 제대로 건네주기 위해서는 수많은 종류의 수술 기구 이름과 용도를 익혀 두어야 하며 수술 프로세스를 숙지하고 지체 없이 물품을 건네줄 수 있도록 훈련이 되어 있어야 한다.

순환 간호사는 수술 전체 과정을 모니터하면서 관리하고 집도의 갑작스런 요구에 응대를 한다. 필요한 물품을 소독 간호사에게 전달을 하고, 수술이 끝나면 소독 간호사와 함께 수술 물품 카운트를 한다.

그 외에도 집도의의 얼굴에서 흘러내리는 땀을 닦아 주기도 하고 집도할 때 듣고 싶어 하는 음악을 준비하는 일도 한다. 내 동기 중에는 장시간의 수술로 치핵이 빠져나온 집도의 항문에 똥침(?)을 놓은 일을 하기도 한 간호사도 있었다.

Q

응급실 간호사가 하는 일은?

응급 상황에서 해야 하는 모든 일을 다 한다. 기본적인 간호 행위뿐 아니라 응급실이라는 특수한 상황에서 발생하는 일들을 감당해야 한다. 응급실은 긴박한 상황이 많고 환자도 보호자도 스트레스가 많다 보니 감정이 폭발할 수 있다. 그 폭발한 감정이 폭언과 폭행으로 이어지는 경우가 많다. 작게는 왜 빨리 안 봐주냐는 항의부터, 왜 물어보지도 않고 비싼 치료를 했냐, 내 귀중품 어디 갔냐는 등의 엉뚱한 소리에 응대를 해야 한다.

술이나 기타 등등에 취해서 인사불성이 된 환자들은 통제가 거의 되지 않는다. 멀쩡한 정신이 아니니 입에서 나오는 것은 쌍욕, 가래, 침일 수 있다. 이런 사람들일수록 손발을 제멋대로 움직여서 간호사들에게 주먹질과 발길질을 해댄다. 간호사는 그런 것들을 피해 가며 일해야 한다.

빠른 시간에 환자를 파악해서 온몸을 날려서 처리해야 하는 경우도 비일비재하다. 환자가 없어 보이는 응급실을 보고 "오늘은 한가하네요."라고 말하는 것은 금기이다. 언제 응급 상황이 터져서 시장통이 될지 모르기 때문이다.

내 정신줄 꽉 잡아야 하고 올라오는 토악질도 참아내야 한다. 찢어지고 터지고 베이고 절단된 상처들을 눈으로 봐야 하고 피, 고름, 토물들이 뒤섞여 나는 고약한 냄새를 맡아야 하며, 여기저기서 들려오는 고함 소리와 애간장이 끊어지는 울음소리를 들어야 한다. 게다가 엄청나게 험한 상태로 죽음의 강을 건너야 하는 사람들을 부지기수로 만나야 한다.

응급실 간호사는 그야말로 육해공군 공격에다 핵폭탄 공격을 한꺼번에 받아내야 한다.

Q

응급실에서 가장 먼저 봐주는 환자는?

자신이나 가족이 응급실에 갔는데 빨리 봐주지 않는다면 다행이라고 생각해야 한다. 응급실에 가게 되면 먼저 원무과에 접수를 하고 Triage실(환자 분류소)에 가서 대기를 해야 한다. 그러면 Triage를 담당하는 간호사가 나와 활력 증상과 산소포화도, 사고 시간, 병력 등 기초 조사를 한다. 그 자료를 바탕으로 2012년에 도입된 KTAS(한국형 응급환자 분류 도구)에 따라 환자 분류를 하고 응급한 환자 순서대로 진료 및 치료를 한다.

이렇게 분류를 하는 이유는 더 빠르고 안전한 치료를 하기 위함이고 생명이 경각에 달린 환자부터 살려내기 위함이다.

환자나 보호자의 입장에서는 자신들보다 늦게 온 사람이 먼저 치료를 받으면 새치기 당한 것 같아 화가 날 수도 있다. 또 아파하는 가족들을 위해 자신이 응급실에서 할 수 있는 일은 빨리 치료받게 생떼(?)를 써주는 것이라 생각할 수도 있다.

하지만 응급실에서 최우선 순위 환자는 심장마비, 무호흡 등이다. 그 다음이 심근경색, 뇌출혈, 뇌경색이다. 그 다음은 호흡 곤란(산소포화도 90% 이상), 출혈을 동반한 설사 환자이다. 38도 이상의 고열을 동반한 장염, 복통을 동반한 요로감염 환자가 그 다음 순이다. 마지막 순위는 감기, 장염, 설사, 찢어진 상처이다.

그러니 이제부터는 응급실 가서 빨리 봐 달라고 조르지 말자. 빨리 봐주는 사람들은 요단강을 빨리 넘을 것 같은 사람들이니.

Q

각종 검사실에서 하는 일은?

병원에 가면 질병의 원인을 찾아내고 경과 추적을 하기 위한 각종 검사가 이루어진다. 그리고 그 검사를 하기 위해 병원의 여러 곳에 가야 한다.

간단하게는 임상 병리과에 가서 혈액 검사, 피검사 등을 하고, 방사선실에 가서 X-ray 등을 찍는다. 초음파를 하는 경우에는 초음파실을 가게 되고 그 밖에도 골밀도 검사실, CT 혹은 MRI 검사실, 혈관조영 검사실, 내시경 검사실 등을 방문하게 된다.

이런 검사실에서는 간호직군뿐 아니라 방사선사, 병리사 등 다른 직군들이 함께 일하는 경우가 많다. 따라서 부서 간의 원활한 의사소통과 타 직군에 대한 이해가 필요하다. 간호사가 이런 검사실 혹은 시술실에서 주로 하는 일은 검사(시술) 전후 준비와 투약 그리고 전 과정에 끝난 후에 환자 상태 확인 및 필요시 적절하고 즉각적인 간호이다.

CT나 MRI실 간호사는 환자 확인, 금식 유지 여부 확인, 필요시 조영제 투약, 부작용과 관련된 응급 처치, 처방 물품 관리, 통계 작성 등을 한다. 특히 MRI는 강한 자기장을 이용한 기기이기 때문에 환자가 금속류를 몸에 지니고 있으면 큰 사고가 나고 고가의 MRI 기기도 고장난다. 그래서 MRI실에 들어가기 전에 머리핀, 동전, 가위, 이름표의 옷핀, 마그네틱 카드 등이 있지는 않은지 철저히 확인해야 한다.

혈관조영검사실은 혈관 내로 카테터를 삽입하여 조영제를 주입한 후 X-선 촬영을 시행하여 혈관의 구조와 비정상적인 병변을 확인하는 곳이다. 이곳에서는 검사뿐만 아니라 좁아진 혈관에 스텐트라는 것을 넣어 넓혀 주고, 늘어진 혈관을 바로 잡아주고, 출혈 부위를 잡는 등의 시술도 한다.

혈관조영검사실에서 간호사는 조영제 투여를 하는 등 검사 전반에 걸친 간호를 한다. 뇌혈관이나 심장으로 가는 주요 혈관에 문제가 생겼을 때는 응급상황이므로 즉시 대응을 한다. 야간에 이런 환자들이 방문하게 되면 응급콜을 받을 수 있다. 그래서 어떤 병원에서는 응급으로 불렀을 때 30분 안에 도착할 수 있는 거리에 거주하는 간호사만 채용하기도 한다.

내시경실 간호사는 검사 전 처치, 검사 중 환자의 안전 관리, 검사 후 간호 및 교육, 내시경 관련기기 소독 등의 일을 한다. 요즘은 환자들이 수면 내시경을 많이 받는데, 이때 사용하는 대표적인 약물이 우유 주사라고 불리는 프로포폴이다.

이 프로포폴은 중독성이 있기 때문에 간호사가 관리를 철저히 해야 한다. 보통은 이중 잠금 장치가 있는 약장에 보관을 하며 사용 전후의 개수를 철저히 파악한다. 또 굵은 내시경이 입으로 혹은 항문으로 들어가다 보니 아파서 몸부림을 치는 환자들이 많다. 그 환자들의 몸을 붙잡아서 검사가 원활하게 진행될 수 있게 하는 일도 한다.

검사를 하다가 발견되는 용종을 제거하거나 추가로 조직 검사가 필요할 때 의사를 도와 일을 한다. 가끔 환자가 위와 장을 깨끗하게 비우지 못하고 검사에 들어오는 경우가 있다. 그러면 위속에 남아있는 음식이나 대장에 남아 있는 배설물을 볼 수 있다. 살아있는 기생충도 볼 수도 있다.

이런 검사실에서 근무하면 특별한 경우를 제외하고 일반인들처럼 9 to 6를 할 수 있다는 면에서 선호하는 사람들이 많다.

“각종 검사실에서 하는 일은?”에 대한 답은 “다양하다.”이다.

fake
간호천사 아닌 간호전사 이야기

초판 인쇄 2023년 01월 13일
초판 발행 2023년 01월 30일

지은이 알앤써니
펴낸곳 읽고싶은책 (제2020-000044호)
펴낸이 오세웅
편집 권윤주, 박성화
디자인 임민정

주소 서울시 관악구 신림로340 르네상스복합쇼핑몰 7층 707-4호
이메일 modubig@naver.com
홈페이지 https://modubig.modoo.at/

※ 누구나 읽고 싶어하는 책을 만드는 도서출판 읽고싶은책
※ 도서출판 읽고싶은책과 함께 할 작가님을 모십니다.
이메일로 원고 접수받아 검토 후 연락드립니다.
※ 파본은 구입하신 서점에서 교환해 드립니다.

책값은 뒤표지에 표기되어 있습니다.
ISBN 979-11-978569-4-5 03810